MW01193720

Más

allá

del

Quinto Sol

J.D. ABREGO

Edición Independiente, 2017

Más allá del Quinto Sol
Autor: Jorge Daniel Abrego Valdés
Portada: Gastón Barticevic
Todos los derechos reservados, México, 2017.

Visita **www.facebook.com/loscuentosdevientodelsur** para conocer nuevas y emocionantes historias.

Visita **www.facebook.com/Barticevich-arte-fantastico** para conocer más obras del artista de la portada.

INDICE

Para Karla y Scarlett,

las responsables de que el Sol

salga cada día de mi vida.

Agradecimientos

A Gastón, por el magnífico dibujo de la portada.

A mis seguidores, que han hecho todo esto posible.

A Tony, ya que sin "Planet of the Aztecs" el Viento del Sur nunca hubiera soplado tan lejos.

Más allá del Quinto Sol

¿Sabías que el astro rey que se cierne sobre nuestras cabezas cada mañana es el quinto miembro de su especie? ¿Quién lo creo y con qué fin? ¿Qué ocurrió después? ¿Qué clase de hombres y mujeres han vivido bajo su luz? ¿Cuántos dioses y diosas han buscado brillar más que él? ¿En verdad tiene un final? ¿O será el dueño del firmamento por toda la eternidad?

Adéntrate en el mundo de míticos creadores y desafiantes criaturas, escucha de primera mano el lamento de dioses que se niegan a ser olvidados, cruza el cielo junto a ancestrales voladores, se parte del público del más trascendente de los juegos de pelota, y descubre lo grande que pudo haber sido el imperio Mexica si se hubiera lanzado a conquistar los mares.

Ven, vamos a caminar bajo el inclemente calor del poderoso Tonatiuh, y descubramos juntos que hay más allá del Quinto Sol.

-Viento del Sur-

Oc ye nechca

En un tiempo en que no existía nada más que un vacío donde los dioses flotaban a la deriva en la inmensidad, surgió una pequeña chispa de vida, minúscula como un grano de cacao y brillante como el propio sol.

Aquella diminuta luz llamó la atención de las poderosas pero aburridas deidades, y pronto fue rodeada por una veintena de rostros curiosos, ávidos de conocimiento y emociones. Al saber que todos los ojos divinos estaban puestos sobre ella, la pequeña chispa comenzó a parpadear, y una potente y grave voz emanó de su interior:

–¿Quiénes responden al nombre de Ometeotl? – preguntó.

–Somos nosotros – dijo una divinidad de dos cabezas, una de hombre y una de mujer. Poseía cuatro brazos, cuatro piernas y dos géneros. Sus miradas irradiaban determinación y ternura, furia y comprensión, alegría y dolor… emociones cambiantes y transitorias que saltaban de un rostro a otro sin aviso previo ni advertencia.

–¿Quiénes son aquellos a los que han procreado? – cuestionó la chispa.

–Son esos cuatro – respondieron los Ometeotl, mientras señalaban a cuatro hombres de diferentes colores. – ¿Por qué te interesa saberlo?

Ofendida por aquella pregunta que consideró insolente, la chispa estalló desde el interior y con su luz cegó a todos los presentes por un breve lapso de tiempo. Cuando la explosión luminosa se disipó, todos los dioses, incluidos los Ometeotl, se descubrieron hincados ante la misteriosa esfera luminosa. Intentaron ponerse de pie, pero les fue imposible hacerlo.

Quisieron alzar la mirada, pero tampoco pudieron. No les quedó otra cosa que simplemente disponerse a escuchar lo que la enigmática luz les quería contar...

–He notado que este mundo está vacío, y que ustedes, dioses perezosos, no han hecho nada por llenarlo. Han sido egoístas y soberbios, guardando su poder para sí en lugar de emplearlo para llevar a cabo algo útil. ¿Qué les impide crear un nuevo universo en este enorme y aburrido limbo?

Las deidades no respondieron. Aunque se sentían profundamente humilladas y ofendidas por los cuestionamientos de la chispa, reconocieron que esta tenía razón; temerosos de crear una forma de vida que no los respetara, habían elegido en su lugar llevar una existencia pacifica llena de alegría y libertad, donde no hubiera que preocuparse por cuidar ni castigar a nadie, una vida en la que simplemente persistieran ellos y sus poderes, sin molestias, responsabilidades ni desaires.

Además, aun con sus habilidades les había sido imposible crear algo (o a alguien); alguna vez aquel que soplaba una curiosa trompeta había fabricado hombres y mujeres hechos de viento, pero estos no habían sobrevivido más allá de unos simples instantes, y eran incapaces de adorar a sus creadores, puesto que ni siquiera vivían lo suficiente como para poder reconocerlos y aprender a amarlos.

También hizo su intento aquel que expulsaba lluvia y relámpago de sus manos, pero los magníficos templos que creó a base de agua y luz se vinieron abajo tan pronto como alguien puso un pie sobre ellos.

Si en ambos casos habían fracasado, ¿cuál era el objeto de esforzarse en crear algo que a todas luces resultaba más que innecesario?

–No podemos crear nada que no sea efímero – dijo el primer vástago de los Ometeotl, aquel de piel blanca y escamas verdes adornando sus ojos.

–Y tampoco es que sea algo que deseemos hacer – agregó el de la piel negra con una línea amarilla cruzando su rostro.

–¿En verdad están convencidos de que su existencia vale la pena? –preguntó la chispa. – ¿Qué acaso no saben que un dios que no es adorado no existe en realidad?

Los poderosos entes divinos se mantuvieron callados. Nunca se habían puesto a pensar que jamás alcanzarían la trascendencia si continuaban viviendo una inútil existencia en el vacío. Jamás pasó por su mente que necesitaran a alguien que los necesitara… ¿Quién era aquella luz que había llegado de ninguna parte para abrirles los ojos?

–Nosotros podemos pisar el vacío, pero las cosas que creamos no. Tal vez si tuviéramos un suelo solido podríamos construir sobre él. ¬– espetó el de la cara negra y amarilla.

–Sí, así podríamos rodearla de agua y plantas, y pronto llegaría a nuestras mentes vacías la forma de vida necesaria para habitar ese universo recién creado. – añadió el del rostro blanco con verdes escamas de serpiente.

–Yo sé de un lugar donde podrían conseguir la tierra que tanto anhelan– sugirió la esfera de luz, – pero debo advertirles que es un sitio peligroso. Es un plano de existencia que yo mismo creé durante una noche de aburrimiento, y lo llené de criaturas tan hostiles y malévolas, que un día decidí simplemente abandonarlo a su suerte. Es precisamente una de esas criaturas la que puede dar forma a la tierra con la que ahora sueñan.

–¿Cómo convencerlo de venir? –preguntó el dios de la blanca faz.

–No hay forma de razonar con Cipactli–respondió la chispa– la única forma de hacerlo venir, es matándolo. Me pregunto: ¿podrán ustedes, los Tezcaltlipoca blanco y negro, vencer a esa bestia y traerla aquí?

Los hermanos se miraron entre sí intentando descifrar los pensamientos del otro: ¿sentía miedo? ¿Curiosidad? ¿Emoción? ¿Ansiedad? Y cada uno pensaba incesantemente si su hermano lo consideraría cobarde por rehusarse a hacer tal viaje. ¿Sería aquella una tarea digna de llevarse a cabo? ¿O lo mejor era seguir flotando en el vacío sin llevar el peso de la creación sobre sus espaldas?

–Iré – dijo el del rostro blanco.

–Yo también, no pienso dejar que partas solo. –agregó el de la faz oscura.

Aunque la enigmática bola de luz carecía de rostro, todos los presentes pudieron percibir que en ese preciso instante esbozaba una ligera sonrisa. Quizá de satisfacción, tal vez de ironía, quién sabe…

La esfera luminosa volvió a estallar, pero esta vez su luz no cegó a nadie. En esta ocasión de su interior surgió un agujero negro con bordes purpuras. Era un pequeño abismo que parecía tener vida propia. Asustados, ambos dioses dieron un par de pasos hacia atrás. Cuando vieron que todos los ojos estaban puestos sobre ellos y sus reacciones, recobraron al aplomo, y sin pensar, se arrojaron de cara al interior del abismo, dejando tras de sí una estela de estrellas que pronto ascendió a la parte superior del vacío, iluminando la bóveda celeste desde ese momento y para siempre.

***

Ambos hermanos aterrizaron de cara al suelo. Aquel plano al que los había enviado el dios de la chispa era frío y enorme. Su vastedad era simplemente abrumadora, y los confundía sobremanera que dicho mundo estuviera cubierto de rocas grises por doquier, pues eso lo tornaba más macabro y confuso que el propio vacío que ellos habitaban. Fácilmente podrían perderse en aquel universo, y lo más seguro es que después de eso nunca más se sabría de ellos. Nadie iría a buscarlos, y su recuerdo quedaría enterrado en el rincón más olvidado del tiempo.

Un rugido sepulcral interrumpió sus sombríos pensamientos; detrás de un montón de rocas afiladas emergió un enorme lagarto con la piel del color del jade. Tenía ocho hileras de dientes y una enorme cola anillada que terminaba con una afilada punta. Sus ojos eran rojos, incluso más que la piel de uno de sus hermanos, y su aliento era tan fétido que era imposible mantenerse frente a él.

La bestia avanzó hacia ellos dando grandes dentelladas. Eran tan furiosas e inesperadas que resultaba imposible el anticipar sus movimientos. Pronto las deidades viajeras se dieron cuenta de que no había otra cosa que hacer salvo huir: correr y dejar atrás la idea de vencer al Cipactli. Volver a la seguridad de su vacío y no irrumpir jamás en la morada de aquella furiosa bestia.

Pero entre más corrían, más veloz se volvía el lagarto. Entre más crecía el miedo en sus ojos y corazones, mayores eran las zancadas que daba el enorme animal. Entre más pensaban en volver a casa, más furiosas eran las dentelladas y mordiscos de la gigantesca amenaza escamada.

Cada gota de sudor en sus frentes hacía más poderoso al monstruo, parecía como si se alimentara de…

–¡Miedo! ¡Hermano, disculpa mi cobardía, pero no puedo quitarme de encima esta enorme sensación de miedo! –gritó el dios de la cara blanca, que limpiaba incesantemente su frente mientras escapa a toda velocidad del Cipactli.

–Yo también estoy lleno de miedo, ¡y no me gusta! Me parece inconcebible que nosotros, los más valerosos del séquito divino estemos al borde del colapso por culpa del temor…

–Es cierto, nosotros no estamos acostumbrados a sentir miedo, comenzamos a sentirlo justo al llegar aquí… tal vez lo desconocido nos ha causado esa sensación de pavor, y quizá este monstruo...

–¡Se alimenta de él! – completó el otro hermano, el del rostro negro como el abismo. – ¡Es momento de ser valientes! ¡Aún a costa de nuestras propias vidas!

Y cobrando enorme velocidad en su carrera, el Tezcaltlipoca negro se transformó en un animal de piel oscura ante los impávidos ojos de su hermano: tenía cuatro patas y un fino pelaje cubriendo su cuerpo; la base del pelo era negra, pero tenues manchas de color gris le otorgaban una tonalidad de gran belleza y enorme atractivo. Su nuevo cuerpo le permitía avanzar con grandes zancadas, dejando atrás con suma facilidad a su sorprendido pariente.

Intrigado por la transformación del dios en tan curioso animal, el Cipactli decidió ir tras él y olvidar al insípido dios de la piel pálida. Sin embargo, al estar el Tezcaltlipoca negro lleno de valentía en lugar de miedo, le fue imposible alcanzarlo.

El monstruo detuvo su carrera frente a un enorme lago de agua turbia, y observó a su alrededor intentando descubrir el paradero de aquella criatura que había conseguido burlarlo. Se sumergió en el agua, y sin querer, se posó justo a la mitad del paso entre dos desfiladeros.

Justo en el momento en que pensaba rendirse y abandonar la infructuosa búsqueda del dios cuadrúpedo, una figura oscura saltó desde uno de los riscos sobre él. ¡Era la criatura que buscaba! Feliz, se lanzó contra su enemigo divino con la boca abierta. Sus fauces lograron prensar el pie del valeroso dios, pero aquella maniobra la costó cara...

De las manos del Tezcaltlipoca negro había surgido una macana con filosas hojas de obsidiana incrustadas de cada lado. Sin sorprenderse ni un poco por la aparición de tan curioso artefacto, el dios lo balanceó frente al confiado monstruo y descargó un poderoso golpe sobre su ojo, dejándolo tuerto en el acto.

El Cipactli abrió la boca para aullar de dolor. La valiente entidad divina del rostro oscuro se salvó de ser devorado, pero había perdido su pie para siempre. Además, ya no tenía energías... cerró los ojos y se resignó a morir engullido por las aguas turbias de la infame laguna.

Pero su cuerpo nunca tocó la superficie del agua. Alguien lo había salvado. Una serpiente enorme de alas brillantes lo había sujetado entre su hocico para alejarlo del peligro. Él se dejó llevar, y pronto fue puesto con suavidad sobre el suelo frio y áspero del reino de Cipactli.

Sin darse tiempo a lamentaciones, la serpiente emplumada voló sobre el mítico lagarto, y cuando se dio cuenta de que estaba justo encima de su espalda, se transformó en hombre nuevamente, dejándose caer en picada sobre el lomo de la bestia...

De sus manos surgió un bastón mágico con cabeza de serpiente, y entonces, sin ningún tipo de contemplaciones, enterró el misterioso báculo en el monstruo, acabando de forma inmediata con la oposición de su rival. Derrotada, la criatura no pudo hacer nada salvo dejarse hundir en el agua, resignada, humillada, carente de vida...

Una monumental explosión siguió a la caída de la bestia; su cuerpo se hizo mil pedazos y de él solo quedó una pequeña gema oscura, la cual, si era vista de cerca, parecía contener todos los secretos del universo en su interior.

El portal mágico que los había traído en un principio surgió nuevamente. Visiblemente cansado y malherido, el dios del rostro negro adornado con la línea amarilla se puso en pie. Le costaba mantener el equilibrio, así que su hermano le pasó el hombro sobre la espalda y lo ayudó a llegar hasta el portal.

Abandonaron el reino del Cipactli de la misma forma en que habían penetrado en él: juntos, codo a codo, corazón con corazón...

***

Los Ometeotl y los demás dioses les recibieron con alegría. Sin saber si habían o no cumplido con su misión, los llenaron de abrazos y palmadas en el hombro, reconociendo su mayúscula valentía y honor desmedido.

El de la blanca faz posó a su hermano en el vacío, y le entregó la gema que obtenida tras la muerte del lagarto del otro

universo. A él le correspondía el honor de sembrar la tierra allá donde no había nada...

Con una sonrisa llenándole el rostro, el Tezcaltlipoca negro arrojó con todas sus fuerzas la curiosa piedra, y contempló maravillado como está se transformaba en una continente de proporciones colosales, llenó de magia, energía y alegría... el vacío comenzó a agitarse salvajemente, y entonces los dioses conocieron por primera vez lo que en el futuro sería llamado <<terremoto>>. Sin embargo, para ellos no significó destrucción, sino más bien el surgimiento de la propia   vida.

La chispa se acercó a los hermanos iluminando a ambos con su imponente luz. Parpadeó un par de veces y luego dijo:

–Sean Quetzalcóatl y Tezcaltlipoca, los héroes creadores del mundo, los campeones de la raza que habrá de poblar esta tierra, y los más poderosos entre los poderosos. Sea este mundo de la serpiente emplumada y del nocturno jaguar. Que el mundo y sus semejantes les rindan honores, y corresponda a ustedes el más grande altar del Cem Anáhuac...

Y todo se llenó de luz. Los dioses fueron repartidos a lo largo del mundo, para que sus poderes fueran utilizados para el bien y el mal, creando de tal forma un equilibrio perfecto en el universo.

Si habrían de encontrarse otra vez, lo harían; si no, no existiría fuerza capaz de reunirlos nuevamente.

Nadie supo quién fue la chispa, pero tampoco a nadie le preocupó saberlo. Quizá se trataba de un dios de dioses, o tal vez solo era una conciencia superior encargada de despertar a aquellos que estaban profundamente dormidos.

Quien sabe… solo sé que hubo una vez una serpiente y un jaguar enfrentando un lagarto, y que la historia de este, nuestro mundo, aún no ha terminado…

El conejo que engañó al sol

Hubo un tiempo en que el *Anáhuac* no tenía noches. Cada instante del día estaba iluminado por el sol abrasador. Los lagos se secaban muy rápido, y las débiles lluvias no lograban llenar los lagos con la frecuencia necesaria. Las plantas nunca llegaban a ser de color verde, y los animales solo podían comer raíces y tallos con hojas prácticamente secas. Incluso aquellos que comían carne echaban de menos el agua disponible para tomar, pues cada que pasaban un bocado se les atoraba en el pescuezo.

Fue entonces cuando el poderoso Jaguar organizó una gran reunión. Bajo pleno rayo del sol, se dieron cita todos los animales del *Anáhuac*. Estaban ahí la tortuga, el coyote, el tlacuache, el armadillo, la serpiente y el halcón peregrino. También la hormiga, el noble perro y por supuesto, el pequeño conejo. Junto a ellos, muchos más esperaban con ansía escuchar lo que tenía que decir el jaguar.

El felino pidió silencio. Todos lo miraban confusos. Aunque tenían grandes expectativas sobre la reunión, no dejaban de mostrarse desconfiados. Un jaguar hambriento y con sed no es precisamente alguien en quién se pueda confiar.

–*Mixpatzinco*, amables compañeros. Agradezco su

asistencia a este honorable concilio. Los he citado aquí, bajo el sol caliente y abrasador, para idear un plan. El sol está terminando con nosotros. Si no hacemos algo, todos, herbívoros y carnívoros terminaremos cocinados. Debemos lograr que el sol se vaya al menos por un tiempo. Lo suficiente para que nos recuperemos.

–¿Y cómo haremos eso, noble jaguar? – preguntó el siempre curioso venado

–No lo sé, en verdad no lo sé, fue por eso que les llamé – contestó apenado el felino.

Todos se quedaron callados. De vez en cuando surgían algunos murmullos. Nada concreto, solo ideas locas que eran más producto del calor y del sudor nublando los ojos que de la propia inteligencia animal. La verdad era que nadie podía pensar con claridad bajo el sol abrasador.

Justo cuando iban a darse por vencidos, un conejito de orejas cortas se abrió paso entre la multitud. Era menudo y chaparro. Con pelaje oscuro y ojillos nerviosos. El pequeño argumentó ser un *teporingo*. Hablaba en voz baja, pero por lo que pudo entenderse tenía un plan. El jaguar lo miró desconfiado, pero después de todo, ¿Qué podrían perder? Confiar en el plan del conejo era lo único que podía hacerse.

El teporingo solo pedía una cosa a cambio. Inmunidad. Rogaba que nadie lo comiera hasta que estuviera de regreso en las montañas.

A todos los animales les pareció un trato justo.

Así fue como el conejo se puso en marcha. Dio saltitos a gran velocidad hasta que los demás animales lo perdieron de vista. Cuando se supo fuera del alcance de los demás, subió a un montículo de tierra y le habló al sol.

–Disculpe, su brillante alteza. ¿Ha visto usted lo que hay allá detrás de las montañas?

–No hay nada – contestó el sol con indiferencia.

– ¡Oh! ¡Sí que lo hay! – argumentó el conejo.

–No lo hay conejo. Desde lo alto no se ve nada – respondió el sol mirando de reojo.

– ¿Pero cómo puede usted estar seguro de eso? ¡Ni siquiera ha viajado para allá!

–Bueno, no… – dijo el sol apenado.

– ¿Entonces? ¿Cómo es que lo sabe? ¿Cómo puede asegurar que allá no hay nada?

–Lo sé y punto – Sentenció el sol con tono malhumorado –. Soy el rey del cielo, y lo sé todo. Tú eres un simple **conejo**. ¿Qué puedes saber que yo no sepa?

–Sé que puedo vencerle en una carrera…

– ¿Tu? ¡Miserable roedor! Ni siquiera serías capaz de dar un paso cuando yo ya te habría alcanzado.

–Déjeme intentar, su iluminada majestad… Porque no le temerá a un pobre conejo, ¿O sí?

– ¡Por supuesto que no! ¡Arranca conejo! Te alcanzaré apenas te hayas ido.

Y entonces el conejo partió. Brincó hacía un matorral de hierba seca y el sol lo perdió de vista. Luego saltó otra vez hacía un montón de tierra y apenas fue visible durante un instante. Después escarbó en la tierra y se metió en un hoyo. Siguió cavando bajo la tierra, y el sol, confuso, corrió tras el rastro del agujero recién excavado.

El conejo no era quién lo estaba haciendo. Allí, bajo la tierra, centenas de gusanos *ocuilli* se afanaban en hacer un agujero muy grande. Cuando el sol finalmente alcanzó el final de la excavación, se percató de que el conejo no estaba ahí. Lo vio a lo lejos, corriendo a toda velocidad, fundiéndose con el horizonte. El sol fue tras él y dejó al Anáhuac en plena oscuridad. La tierra se enfrió muy rápido, y en el cielo surgieron otras luces, muchas más tenues y amistosas. El jaguar llamó *"luna"* a una enorme bola blanca con un rostro de anciano dibujado en la cara. Otras pequeñas fuentes de luz fueron nombradas *"estrellas"* y los animales se divirtieron dándole nombre a cada una de ellas.

El sol volvió al otro día, furioso y agitado, pues seguía buscando al pequeño teporingo que lo había engañado. El conejo apareció de repente en las montañas, dio algunos saltos y luego se esfumó otra vez. Cuando llegó la hora de hacer desaparecer al sol otra vez, corrió nuevamente hacia el horizonte, y el sol no tuvo otra opción que perseguirlo una vez más.

Aquello sucedió tantas veces, que el sol pronto olvidó por qué lo hacía. Solo se acostumbró a correr frenéticamente día tras día, persiguiendo algo que aseguraba algún día alcanzaría.

Por eso el teporingo vive en las faldas de los volcanes, escondiéndose del sol que una vez engañó. Y aunque rescató al *Anáhuac* de la extinción, ningún carnívoro honró su promesa. Cuando lo ven, olvidan que una vez los salvó y tratan de pegarle un buen mordisco. Pero el teporingo es difícil de atrapar. Después de todo, si logró timar al sol, ¿Habrá alguien en este mundo que él no pueda engañar?

Una tarde de juego de pelota

Diminutos trozos de piedra salían despedidos por el aire cada vez que Chaac y su anciano padre cincelaban una nueva línea en aquella obra de arte. Era sencillamente impresionante el observar como sus hábiles manos transformaban una enorme piedra amorfa en una impresionante escultura colosal: una cabeza de proporciones épicas, un recuerdo de tiempos lejanos que muchos ya habían decidido dejar atrás…

Embargado por el cansancio, Chaac dejó caer sobre el suelo su mazo y su cincel. Miró al cielo como pidiendo clemencia y se enjugó el sudor del rostro mientras decía:

–Padre, ¿es en verdad necesario que hagamos esto? ¿Quién es este sujeto al que estamos esculpiendo? ¿En verdad lo que hizo fue tan importante como para justificar todo este trabajo?

Con la mirada paciente y el corazón comprensivo, el anciano progenitor de Chaac, respondió:

–Las leyendas merecen ser recordadas, y no hay memoria ni tradición oral que pueda preservar algo por tanto tiempo como lo hacen las confiables piedras. Mi cabeza fallará pronto, y la tuya lo hará algún día; mi lengua está cerca de volverse inservible, y ya jamás podrá contar una historia; mi corazón, el tuyo, y el de mis nietos terminará por endurecerse, y llegará el momento en que ya no deseemos recordar a los héroes, ni queramos ya hablar del glorioso pasado… es por eso que debemos tallar la piedra, para que ella le narre a las generaciones venideras todo aquello que nosotros, por alguna razón u otra, hemos conseguido olvidar…

Chaac gruñó por lo bajo y se sentó sobre el suelo con desgano. Odiaba cuando su padre hablaba de esa forma llena de acertijos, matices esotéricos y dobles significados. Había dicho una centena de palabras, pero ni siquiera una que le permitiera inferir quien era el dueño de aquel rostro que estaban labrando en la piedra. Decidido a obtener la información que respondiera a su pregunta, volvió a la carga con un nuevo cuestionamiento:

–Eso me lo has dicho miles de veces, padre, y lo que necesito saber en estos momentos es a quién le pertenece el rostro que estoy tallando en este pedazo de roca. Dime, papá, ¿quién es el sujeto que ha estado ocupando nuestras horas de sol durante estos últimos días?

El anciano escultor sonrió, se puso en cuclillas y luego dejó sus herramientas suavemente sobre el piso. Se sacudió las manos, tomó asiento sobre la hierba y comenzó a hablar:

–Hace algunos años, nuestra gente entró en combate con un belicoso grupo que habitaba las regiones del sur. Nadie recuerda ya el motivo por el que ambos pueblos empezaron a pelear, pero todos tienen presente que la guerra fue extensa, cruel, y claro, inútil. Después de innumerables batallas, ningún ejército lograba someter al otro, y lo único que se conseguía con cada disputa eran enormes montañas de cadáveres que provocaban el incontenible llanto de decenas de madres y el rencor infinito de igual número de padres. Fue uno de ellos, un valiente militar llamado G'ucumatz, quién tuvo una idea para frenar la ola de muertes carentes de sentido. Fue él, quién personalmente y sin miedo a perder la vida, caminó sin compañía hasta un lugar llamado U'xmal y propuso un trato al despiadado cacique que gobernaba al pueblo rival.

El silencio inundó la espesa jungla, y Chaac no

comprendía el porqué del mismo. La narración de su padre había parado súbitamente, y justo lo había hecho en el momento más interesante. Contrariado, decidió tomar el control de la situación y preguntó:

–¿Y qué pasó? ¿Lo asesinaron ahí mismo y por eso lo homenajeamos con este pedazo de roca?

Sonriente, su padre le tocó la mejilla y negó con la cabeza. Luego, con gran lentitud y parsimonia, retomó el hilo del relato:

–G'ucumatz retó a aquel hombre a un Juego de Pelota. El ganador sería declarado vencedor de la guerra, y elegiría el destino final de los perdedores del encuentro. Fascinado por el valor de su enemigo, y emocionado por lo que representaba una oportunidad inigualable de ejercer la violencia, el cacique rival aceptó el desafío, y prometió acudir al centro ceremonial de M'anati para llevar a cabo dicho cotejo. Satisfecho con el resultado, G'ucumatz volvió a Tabaskuub y le comunicó a su cacique y al consejo de ancianos, el trato al que había llegado. Algunos dudaron que aquello fuera lo correcto, pero aun así decidieron apoyar la moción de G'ucumatz, y ordenaron llevar a cabo todos los preparativos necesarios para el Juego de Pelota.

–Ese juego del que hablas – interrumpió Chaac–, ¿es igual al que solemos jugar cada principio del mes para agradecer la salida del sol?

–Sí y no – contestó su padre de forma contundente–. Tú y los otros jóvenes juegan por diversión, gloria y reconocimiento tribal. G'ucumatz jugaba por la libertad, el fin de la guerra, y la redención de las almas.

El rostro de Chaac enrojeció de inmediato. Con tan solo una frase su anciano progenitor había menospreciado su enorme talento en el Juego de Pelota; lo había relegado a una mera diversión juvenil, un acto que tenía poco de ceremonial y mucho de divertido. Azuzado por lo que él creía un insulto, intentó reclamar, mas su padre levantó la mano de inmediato y prosiguió con su narración:

–G'ucumatz había prometido no solo un juego decisivo al líder, sino uno épico y memorable. Había jurado por su propio honor, que el partido no terminaría hasta que uno de los dos equipos introdujera la pelota de caucho en el anillo ceremonial del centro de la cancha. No había que ser un gran conocedor del juego para saber que dicha tarea era prácticamente imposible, sobre todo en el campo de juego de M'anati, donde el aro se alzaba por encima de los jugadores a una distancia de más de 7 cuerpos…

Avergonzado, Chaac bajó la mirada y resopló furioso, aunque resignado. Su papá tenía razón: el juego que enfrentó G'ucumatz no tenía nada que ver con aquellos en los que él había tenido la oportunidad de participar. Entonces su padre, consciente de la vergüenza de su hijo, le levantó la barbilla con las manos, y dijo mirándolo a los ojos:

–Nadie comprendía porque aquel campeón había decidido llevar a cabo dicha tarea. Era un militar, un guerrero de mil batallas que nunca había rehusado a un combate, y ahora, que la guerra contra la gente de U'xmal podía otorgarle un estatus guerrero único, había decidió buscar el fin de las hostilidades con un Juego de Pelota, el cual, por si fuera poco, se antojaba más que imposible de ganar… llegó el día del partido, y un gran número de personas se dieron cita en el centro ceremonial de M'anati. Tanto los familiares de nuestros rivales, como las propias familias olmecas, se volcaron en gritos desaforados y exclamaciones para apoyar a sus campeones. Sin embargo, nadie animaba a G'ucumatz, y la pena cubría su rostro, barnizándolo con tristeza y melancolía…

–¿Por qué nadie estaba animándolo? ¿Dónde estaba su familia? – preguntó Chaac visiblemente consternado.

–Nadie lo sabía en aquel momento, pero… la familia del valiente soldado estaba muerta. Su hijo, un joven alegre y decidido, había muerto defendiendo su puesto de guardia durante una incursión enemiga. Su esposa, al recibir la noticia, se desplomó sin vida producto de la impresión. En tan solo una tarde, G'ucumatz había perdido a sus dos seres queridos; a los dos que hacían que su vida valiera la pena…

–¡Por eso buscaba dar fin a la guerra! – interrumpió nuevamente Chaac ante la mirada benévola de su padre.

–Tienes mucha razón, al menos en parte. G'ucumatz ya no deseaba vivir, pero también era cierto que no quería que ninguna familia sufriera lo mismo que había sufrido la suya. Ya no quería ver más muertes. Se había dado cuenta de que ninguna valía la pena… y así, con el sol pegándole de lleno en el rostro, y con el sudor incipiente adornando su casco protector, G'ucumatz fue el primero de los diez jugadores en tocar la pelota de caucho en el estadio de M'anati. Un furioso golpe de cadera estrelló la esférica en el lado rival de la cancha, y un alegre supervisor del juego anunció con la voz en grito que los olmecas habían marcado un punto. El griterío se hizo presente en el centro ceremonial, y aunque en este encuentro hacer más puntos que el rival valía bien poco, la gente no pensaba dejar pasar ninguna buena jugada por alto.

Chaac sonrió y dejó de lado el rostro alargado que había tenido durante los últimos minutos, olvidando por completo la vergüenza que sintió al mostrarse petulante y arrogante con la historia que contaba su padre. Se sujetó las rodillas y asintió levemente, dándole a entender a su pariente que estaba listo para seguir escuchando la narración de aquel épico partido.

–El sol brillaba en su punto más alto– dijo el anciano artista mientras miraba a su hijo con una gran sonrisa en los labios –, y conforme transcurría el tiempo en el estadio, el público se hacía a la idea de que el encuentro duraría toda el día, y de que estaban siendo testigos una maravillosa tarde de juego de pelota. Los de U'xmal eran hábiles con los pies: usaban con frecuencia la pared de su lado de la cancha para impulsarse, golpeaban con sus rodillas a la pelota de caucho de forma casi furiosa, y tenían tan buen puntería que casi siempre lograban marcar puntos sin que sus rivales consiguieran siquiera acercárseles. En cuestión de puntaje, los contrincantes llevaban la ventaja, pero en materia de cercanía con el aro, los nuestros se hallaban más próximos a la victoria. G'ucumatz jugaba como nunca, siempre saltando para disputar cada pelota, y golpeando incluso con la cabeza a la veloz esfera, buscando con gran insistencia acercarse al anillo ceremonial. Al notar este detalle, pronto sus rivales dejaron de buscar el marcar puntos que no servían para nada, y se concentraron en golpear al campeón siempre que tenían la oportunidad de hacerlo. La tarde avanzaba y el sol se movía angustioso a lo largo del cielo, marcando horas que nadie deseaba ver transcurrir, anunciando un final que en la cancha simplemente se negaba a llegar. Con el sudor escurriéndole por las sienes y la visión nublada a causa de los rayos del sol, G'ucumatz corrió para disputar una pelota que había caído del lado enemigo. Un potente codazo lo recibió en el rostro y cayó rodando en la tierra suelta. Sus rivales rieron, y fue esa misma risa la que les impidió ver que el valeroso olmeca realmente no había caído al piso, sino que él mismo había buscado el contacto con el suelo...

–¿A que te refieres? –cuestionó Chaac, mordiendo inconscientemente la uña de su pulgar derecho.

–A que el experimentado campeón se había dejado pegar a propósito. Lo había hecho con el fin de acceder al lado de la cancha enemigo, y así tener una oportunidad de poder golpear la pelota de espaldas al sol. La pesada bola de caucho rebotó en el hombro de un jugador de U'xmal y una curiosa parábola se dibujó en el cielo: tres contrincantes intentaron darle alcance a la esférica con potentes saltos, pero ninguno pudo lograrlo... solo G'ucumatz, que aguardaba con los pies bien plantados en el suelo, fue capaz de brincar en el momento adecuado para impactar la bola con una fuerza descomunal...

–¿Me estás diciendo que le pegó a la pelota con la cadera justo cuando venía cayendo? ¿Sin que nadie le diera un pase que le favoreciera el impacto?

El viejo escultor soltó una carcajada, palmeó el hombro de su hijo y respondió:

–Yo no dije eso… yo solo mencioné que había golpeado la bola de caucho con una gran fuerza, pero no que lo había hecho con la cadera… G'ucumatz llevo a cabo una maniobra de lo más extraña: se echó para atrás e impactó la pesada esfera con el empeine de su pie izquierdo. La patada fue tan potente que el mismo sol pareció detenerse para contemplar tan maravillosa jugada. El público, los rivales y sus compañeros miraban boquiabiertos la trayectoria diagonal de la bola, y G'ucumatz, que había sido el autor de semejante proeza, se hallaba en el suelo, con la espalda cubierta de polvo, el pie destrozado y los ojos bien cerrados…

Un nuevo silencio inundó la jungla. El relato había cesado repentinamente por segunda ocasión, y Chaac no dejaba de morderse las uñas, en esta ocasión el índice de la mano derecha. Un jaguar rugió a la lejos, y algunos monos se columpiaron cerca de la enorme estatua colosal en la que padre e hijo habían estado trabajando. Entonces, cuando el joven sintió que ya no podía más, preguntó con desesperación:

–¿Y lo logró?

–Sí… y no – contestó el viejo de forma esquiva y un poco burlona–. Si te refieres a que si la voluble pelota de caucho cruzó el aro, he de decirte que sí lo hizo. Atravesó aquel anillo de forma mágica, casi divina… y lo hizo justo en el momento en que el sol se refugiaba detrás de las montañas. Puedes elegir no creerme, pero, aquel encuentro se terminó justo al atardecer. Cuando el astro rey se fue a dormir, también lo hizo la pelota del juego, y el cacique olmeca de inmediato lo tomó como el mejor de los presagios. Sin tomarse la molestia de despedirse de sus jugadores, el líder de la gente de U'xmal abandonó el centro ceremonial furtivamente.

Pronto los únicos enemigos que quedaban en M'anati eran aquellos que habían sido derrotados en la cancha por el osado G'ucumatz. Fue entonces cuando el público, ansioso de sangre, pedía a gritos su muerte; era bien sabido que el líder del equipo ganador tenía el poder absoluto sobre el destino de los derrotados, y si él así lo deseaba, los perdedores serían sacrificados y ofrecidos al dios jaguar como una gloriosa ofrenda. Sin embargo, G'ucumatz tenía otros planes...

–¿Qué planes? – preguntó Chaac, contrariado.

–Sin dar explicación alguna, ordenó la liberación de los prisioneros del equipo contrario. Simplemente les permitió marchar, sin siquiera herirlos o humillarlos. Solo los dejó ir... su gente estaba más que confundida; no comprendían lo que estaba ocurriendo en la cancha, ni tampoco lo que acontecía en la mente de su campeón. Un silencio incomodo hizo presa del estadio, y cuando el sumo sacerdote se acercó a G'ucumatz para preguntarle sobre el sacrificio que tomaría el lugar de los rivales perdonados, este se tocó el corazón y bajó la cabeza...

–¿Se estaba ofreciendo a sí mismo? ¿Por qué haría eso? ¡El ganó! ¡GANÓ! – exclamó Chaac.

–Hay más en este mundo, mi querido hijo, de lo que ven tus ojos. A veces el corazón es quien debe de tomar el control de las cosas, pues solo él sabe lo que en verdad se debe hacer – agregó el anciano escultor mientras se palmeaba suavemente el pecho–. G'ucumatz había logrado el objetivo que se había impuesto, y en este mundo ya no quedaba nada más para él. Lo único que anhelaba era reunirse con sus seres queridos y ya no volver jamás... así que se armó de valor y ascendió las escaleras del templo central de M'anati, se recostó suavemente sobre la mesa de sacrificios, y se despojó de su casco, coderas y rodilleras, enfrentándose a la muerte como un simple aldeano, y no como la más grande estrella del Juego de Pelota del pueblo olmeca. Nadie supo lo que pasó por su mente en aquellos últimos momentos, pero el sacerdote dijo que cuando le extrajo el corazón, G'ucumatz estaba sonriendo.

Me gusta pensar que lo hacía porque abandonaba este mundo satisfecho, consciente de que había cumplido con su papel en la historia; me gusta imaginar que en esos instantes caminó tranquilo hacia el otro mundo, mirando a lo lejos a su esposa e hijo, sonriéndoles ampliamente y agitando la mano derecha para saludarlos; me gusta creer que encontró en el más allá aquello que nunca pudo encontrar aquí: la verdadera y auténtica libertad…

Chaac apretó los dientes para evitar llorar. Se sobó el puente de la nariz incontables ocasiones, y luego tragó saliva un par de veces. Cuando al fin pudo controlarse, miró a los ojos de sus padres y dijo:

– ¿Es por eso que le construimos este monumento? ¿Por qué fue el jugador más grande de Juego de Pelota que haya tenido este mundo? ¿O por qué detuvo una guerra con tan solo la fuerza de su pierna izquierda? ¿O quizá porque se sacrificó cuando no tenía por qué haberlo hecho? Dime, papá, ¿es por eso que lo estamos haciendo?

–Sí, y no – contestó el viejo con seriedad, dibujando una mueca triste en su rostro por primera vez durante todo el tiempo que había durado su relato–. Si fue todo lo que has dicho, pero no es por eso que ponemos tanto empeño en su monumento. Lo hacemos porque fue uno de eso pocos hombres que consiguió ser libre antes de morir, y esos, mi querido hijo, son los hombres que en verdad merecen ser recordados.

El joven artista asintió gravemente y se levantó de un brinco. Tomó sus herramientas y reanudó con gran ahínco su trabajo. Miró al cielo y se percató de que el sol ya se encontraba de camino a su lugar de descanso. Sonrió y meneó la cabeza con cierta alegría. No, el sol no podía irse todavía; la mágica tarde de Juego de Pelota aún no terminaba.

El beso de la luna

Tras cuatro años de sangrientas y crueles batallas, los feroces mexicas de Ahuizotl habían logrado conquistar Akapulko, un hermoso bastión Yope, caracterizado por su exuberante belleza natural y su armoniosa comunión con el profundo mar.

Aunque derrotados, los Yope se negaban a ser avasallados; aceptarían el gobierno mexica, pero solo si de alguna manera formaban parte de él.

Agotado por tan larga campaña, Ahuizotl decidió ceder a la petición de los habitantes de la costa y propuso sellar la alianza-vasallaje con un matrimonio: el jefe Yope debía ceder a su hija "Flor de otoño" al joven hermano del Huey Tlatoani, el valeroso Cuauhtlahuac.

Ambos gobernantes vieron con buenos ojos el trato, y la boda se pactó para ser llevada a cabo en 60 días (el tiempo que le llevaría a Cuauhtlahuac ordenar sus asuntos en Tenochtitlán y trasladarse a la costa, para allí desposar a la que sería su nueva compañera).

Una vez más los viejos habían decidido el futuro de los jóvenes, ignorando por completo lo que ellos pudieran pensar, sentir, opinar, o querer…

Cuauhtlahuac era un soldado, un guerrero águila de enorme talento militar y un brillante futuro, y poco le importaba a quién desposaba o no.

En cambio, a "Flor de Otoño", la repentina obligación de contraer matrimonio la había sumido en una enorme tristeza. Su corazón era incapaz de asimilar aquello que se suponía debía sentir; sus manos no temblaban ante la posibilidad de tocar a un hombre; sus labios no anhelaban el beso de un esposo por las mañanas, y su espalda no se sentía reconfortada ante la posibilidad de un abrazo varonil durante las frías noches.

No... su cuerpo le exigía cosas que no se hallaban a su disposición. Su alma le pedía a gritos una libertad que nunca podría alcanzar.

Ella no quería amar a un hombre. Ella no podía hacerlo...

¿Sería que alguien podría entender el secreto que llevaba dentro? ¿Habría alguien en este mundo que fuera capaz de comprender ese torrente de confusas emociones que la estaban carcomiendo?

Con el pecho inflamado y la mente agobiada, "Flor de Otoño" abandonó a hurtadillas el palacio de tejas en el que vivía con su familia, y buscó refugio en un risco que se alzaba sobre el mar. Se sentó bajó el cielo estrellado y sujetó con fuerza sus rodillas. Lloró hasta que se le acabaron las lágrimas, y entre murmullos casi inaudibles le contó a la luna las penas que aquejaban a su corazón.

Le dijo todo: que temía por su vida si rechazaba a Cuauhtlahuac, que no deseaba decepcionar a sus padres ni a su pueblo, que no quería contraer matrimonio con un varón, y que sus piernas temblaban de emoción al ver a otras muchachas de su edad caminando por algún apartado sendero...

Y la luna escuchó.

La oyó con atención durante cinco largas noches, hasta que un día, decidió hacer algo más que simplemente escuchar.

La sexta noche, mientras "Flor de Otoño" sollozaba y maldecía a su injusto destino, la diosa de la luna,

Coyolxauhqui, dejó sus aposentos en el cielo y descendió por una escalera de nubes hasta llegar al risco donde se hallaba la muchacha.

Se sentó junto a ella y le alzó el rostro para contemplarlo: sus miradas se encontraron en un mágico instante en el que las estrellas abandonaron el cielo y se posaron en sus ojos. Se observaron de forma tan intensa y profunda que lograron conocerse la una a la otra sin necesidad de decir una sola palabra.

Y luego se dejaron llevar.

Se dieron un beso y luego otro. Se tomaron de las manos y acariciaron sus cabellos. Se abrazaron bajo la luz que irradiaba la bóveda celeste, y durmieron juntas, cobijadas por las estrellas, protegidas únicamente por el amor que estaba surgiendo entre ellas.

Las siguientes noches ya no hubo llanto. Solo las risas y las voces quedas permanecían en el risco. Cuando la diosa y la doncella estaban juntas, no había espacio en el mundo para nada que no fueran ellas. Se amaban con respeto y dulzura, con la lealtad y el compromiso que solo las mujeres saben dar.

Se vieron durante once noches seguidas, y durante ese tiempo todo fue alegría sincera e infinita felicidad.

Mas debemos recordar, que la máxima regla impuesta en el universo, es que nada en este mundo ha de perdurar. Todo comienza, termina, y luego vuelve a comenzar…

La siguiente noche Coyolxauhqui ya no apareció. El cielo no gozó de su luz, y "Flor de Otoño" no disfrutó de su amor. Había un hueco en el firmamento por la falta de la luna, y había un agujero profundo como un abismo en el corazón de la doncella Yope por la ausencia de su amada.

La joven se entristeció, pero su ánimo no decayó. Simplemente se sentó bajo el oscuro cielo azul y esperó. La luna nunca llegó. Ni esa noche, ni las nueve posteriores. Su amada, la valerosa y bella Coyolxauhqui, simplemente había desaparecido.

"Flor de Otoño" comenzó a caer en una profunda depresión. No comprendía la razón del abandono de la diosa. Primero pensó que asuntos divinos la mantenían ocupada, pero luego, al prolongarse su ausencia, comenzó a elucubrar pensamientos oscuros y negativas conclusiones. ¿Es que había hecho algo malo? ¿Sería que sus besos dejaron de tener a sabor miel? ¿Sería que un dios (un varón) había logrado borrar su recuerdo?

No podía estar más equivocada...

Su diosa no había asistido a sus citas por una poderosa razón: estaba muerta. Durante el amanecer posterior a su último encuentro, Coyolxauhqui y sus hermanos habían mantenido un sangriento combate contra el dios colibrí del Sur, el avatar del sol y la muerte, el temible Huitzilopochtli.

La batalla fue feroz; armado con la serpiente roja Ciuhcoatl, el dios colibrí despedazó sin piedad a los cuatrocientos hermanos de la diosa, y regó sus miembros cercenados a lo largo del inmenso cielo. Luego, con unas ansias irrefrenables de sangre, buscó dar fin a la vida de la hermosa Coyolxauqui, agitando a diestra y siniestra su maqahuitl con forma de serpiente, rebanando el aire, las nubes e incluso sus propios rayos de sol.

Las espadas de mágica obsidiana de los dioses chocaron hasta sacar chispas, y la batalla se hubiera prolongado por mil noches y mil días si no hubiera sido porque Huitzilopochtli contaba con la Ciuhcoatl de su lado: la maqahuitl serpiente del colibrí del sur se enredó en el arma mística de su oponente y la quebró hasta hacerla añicos. Y ese fue el fin de la diosa, que incapaz de salir de su sorpresa, quedó a merced del fiero señor del sol, que simplemente la rebanó con una nueva maqahuitl que llevaba colgada a la espalda.

La dividió en más de ocho pedazos, y con una frialdad impresionante, solo digna de un señor de la guerra, regó los restos a lo largo de la luna, para después ocultarla en un negro abismo, donde nada ni nadie pudiera encontrarla.

"Flor de Otoño" no lo sabía, y por eso lloró. Lloró pequeños charcos primero, y después algunos riachuelos que no tardaron en convertirse en arroyos. Su llanto pronto se transformó en una cascada que caía por el risco y se fundía con el mar, llenando el agua con su infinita tristeza y desgarradores lamentos.

Ella no lo sabía, pero esos gritos que salían de su destrozado corazón estaban trayendo a su diosa de vuelta. Allá, en el fondo del abismo, Coyolxauhqui lograba oír su voz, y luchaba por rehacerse nuevamente, aunque fuera poco a poco, lentamente... cada lamento de su amada le daba las fuerzas que necesitaba para salir del abismo, cada lágrima la acercaba más al cielo, el lugar del que nunca debieron alejarla jamás.

Pero recuerden, nada en este mundo perdura, ni siquiera la esperanza… así que la noche en que Coyolxauhqui por fin logró abandonar el abismo y alzarse nuevamente en el cielo, fue también la noche en que "Flor de Otoño" decidió no esperar más; subió al risco como lo había hecho todas las noches anteriores, y cerrando los ojos para ya no sentir más, se arrojó de cabeza hacía el mar…

Su cuerpo se estrelló en las rocas que unían a la montaña con el infinito azul, y pronto su sangre tiñó de rojo el agua, dejando atrás el turquesa para dar paso al carmín.

Y en medio del oscuro cielo nocturno, con las piernas y los brazos aun separados de su cuerpo, Coyolxauhqui fue un testigo mudo de la muerte de su amada. Incapaz de hacer nada por ella, dejó salir de su maltrecho torso un alarido agudo y lastimero. Pidió ayuda, aunque bien sabía que no había nadie en el cielo ni en la tierra que pudiera (o quisiera) ayudarla.

De pronto, el auxilio que tanto añoraba vino de donde menos lo esperaba: el mar. Las siempre calmadas aguas del inmenso azul comenzaron a agitarse furiosas ante la presencia de la luna; se alzaban palmos y palmos por encima de la superficie, construyendo curiosas barreras que buscaban con desesperación tocar a la lejana diosa.

Coyolxauhqui no comprendía lo que sucedía, hasta que vio lo que se hallaba justo en el medio de la furiosa agitación de las aguas marítimas. Ahí, en el punto central del movimiento, se hallaba el frágil y delgado cuerpo de "Flor de Otoño".

El mar estaba intentando devolverle a su amada, alzándola tan alto como era capaz, buscando reunirlas aunque fuera solo una vez más…

Pero la diosa de la luna estaba demasiado débil como para alcanzar a su "flor". Jamás pudo extender lo suficiente sus miembros destrozados como para siquiera rozarla. Y entonces la noche terminó. El sol hizo su aparición, y Coyolxauhqui tuvo que huir de su luz.

La noche siguiente volvieron a intentar encontrarse, pero fracasaron. Así que lo intentaron la noche después, y también las noches que le siguieron a esa… pero no lograron alcanzarse, sin importar cuantas veces el mar las ayudase.

Cada cierto número de noches, Coyolxauhqui se agotaba y desaparecía del firmamento, intentando reunir las energías necesarias que le permitieran reunirse otra vez con su amada. Las noches transcurrieron una tras otra, y a pesar de sus esfuerzos, el reencuentro se volvió simplemente imposible.

Pronto el mar se acostumbró a elevarse al ver de cerca a la luna, y olvidó para siempre el motivo que lo llevó a hacerlo por vez primera.

Y todos en el pueblo olvidaron a "Flor", y aunque lamentaron su muerte algunos días, luego continuaron con su vida.

Mas Coyolxauhqui nunca olvidó a su amada humana, y durante una noche sin estrellas le hizo una promesa: le juró por su propia vida que un día se reencontrarían; que un día el quinto de los soles por fin caería, y que cuando eso sucediera, ella iría tras él, lanzándose a la muerte como una vez lo hiciera la doncella; que ese día la luna se haría una con el mar, y entonces, tras una larga y penosa travesía, justo un instante antes de que el Anáhuac se hiciera pedazos, volverían a estar juntas, y esa vez ya nada ni nadie podría separarlas…

Yoali Ehecatl

Aquella noche el viento soplaba en dos direcciones, siempre encontradas entre sí. Ambas corrientes colisionaban con tal fuerza, que la misma luna abandonó el cielo y se escondió tras las nubes llena de miedo.

La abuela miraba atenta al firmamento, y cada vez que los vientos chocaban murmuraba dos nombres:

Yoali Ehecatl y Quetzalcóatl.

Sus ojos se movían veloces, respondiendo a cada movimiento; nunca la creí capaz de semejantes reflejos, es más, no consideré siquiera que tuviera energía para permanecer despierta más allá del ocultamiento del sol.

De repente decía: ¡*Ayya*! y sus dientes castañeaban sin razón aparente.

No pude más; decidí interrumpirla y preguntarle que estaba sucediendo. Cuando posé mi mano en su hombro, las hojas de cien árboles se unieron a las furiosas corrientes. No estaban ordenadas al azar: parecían las plumas de una armadura de Campeón, adornando majestuosas cada centímetro de un guerrero invisible.

Tal vez mi imaginación me engañó, pero casi podría jurar que las siluetas enmarcadas con las plumas eran de dioses reales: dos señores de los vientos enfrascados en furioso combate.

Instantes después, la abuela despertó de su trance.

Balbuceó decenas de cosas, pero solo entendí algunas. Lo último que entendí era que Yoali Ehecatl había sido derrotado, y que debíamos proporcionarle un lugar para descansar.

"¿Por qué nosotros?", le pregunté, y ella respondió que era nuestra responsabilidad como habitantes del Ehecatepec, el Cerro del Viento.

Al despertar la siguiente mañana, comencé a tallar una banca de piedra. No paré ni un momento, dejé de lado el ingerir agua y alimentos por muchas horas, y al fin, al caer la noche, terminé la tarea.

Cuando me disponía a retirarme para descansar, mi abuela apareció; me dijo que esa banca no serviría. Que si mi intención era hacer una ofrenda a Yoali Ehecatl, tenía que avisarle que esa banca era suya.

Refunfuñé, pero le hice caso. Llevé mis pinceles hasta donde estaba la banca de piedra, y pinté con glifos una sencilla leyenda: *"Para que descanse el Señor Viento de la Noche"*.

Miré a la abuela con recelo, le di un beso en la frente y me marché a dormir.

Cuando la noche se tornó espesa, el viento comenzó a silbar nuevamente; esta vez las corrientes eran débiles, apagadas, como si la tristeza y la melancolía las inundaran.

Sin saber por qué, me dirigí hacía la banca.

Ahí, reposando, vislumbré a un hombre: lucía fatigado, igual que un macehualtin después de una dura jornada en el campo.

Era él. Ahí estaba, descansando, recuperando fuerzas

después de una cruenta batalla. Se trataba del Señor Viento de la Noche.

Lo observé durante largo tiempo. Intentaba no hacer ruido ni al respirar para no molestarlo. Cuando por fin me animé a dejarlo en paz, giré mi cuerpo muy despacio y le di la espalda.

Justo al momento de dar el primer paso, oí su voz dirigiéndose hacia mí:

"Al perder la batalla con Quetzalcóatl, quedé condenado a ser un nómada por toda la eternidad. Perdí mi lugar en el templo del viento y ya no estoy invitado a descansar en ningún lugar. Solo aquí… Pero el viento no tiene que permanecer estático, debe ser libre para viajar y tocar nuevos pastos, conocer nuevas montañas y besar diferentes costas. No me dejes morir… ayúdame a recuperar mi libertad…"

Me afligía el lamento del dios, pero, ¿qué podía hacer yo? ¡Un simple artesano! Entonces, pensé en algo: imaginé una travesía cruzando el Anáhuac entero, construyendo en cada región lugares de descanso para el Señor Viento de la Noche.

Tal vez esa era la misión de mi vida.

El viento sopló otra vez, el amanecer se estaba aproximando. Yoali Ehecatl esperaba una respuesta…

"Le ayudaré", dije sin dudar.

Volteé a ver al cansado dios, y me pareció verlo sonreír antes de esfumarse al ser iluminado por la luz del sol.

Desde ese día viajo por todo el Anáhuac, construyendo bancas de piedra con glifos que la gente ha olvidado ya. Solo los miran confundidos y alzan los hombros, como preguntándose quién será el Viento de la Noche.

A veces quiero explicarles todo, pero parece que ya no soy capaz de hacerme oír. Quizá morí hace mucho tiempo ya, pero no lo recuerdo. Tal vez el Mictlán me esté reclamando, pero aún no termino mi misión.

Cada día es una oportunidad, una más en la que podré decir:

"Pare aquí, por favor. Esta banca es para que descanse el Señor Viento de la Noche."

La primavera de Citlalli

En un frio rincón de un enorme templo, una joven se sujetaba las piernas con fuerza mientras sollozaba muy quedo. La noche anterior le habían comunicado que tendría el honor de ser la doncella sacrificada para celebrar la llegada de la ansiada primavera.

Sería ella, la joven Citlalli, la que daría su último aliento para conmemorar el arribo del mítico Tezcaltlipoca rojo: la estrella del oeste, el poderoso Xipe Totec.

Su vida terminaría al comenzar el día, como si su existencia fuera tan solo una de esas estrellas que se ocultan en el horizonte para dar paso a la luz del sol.

Se cubrió la cara intentando ahogarse en su propio llanto, razón por la cual nunca se percató de que un joven de piel enrojecida se había sentado junto a ella y la miraba con una expresión mezcla de pena y tristeza.

No le habló, solo la observó durante largo rato. Al fin, cuando dejó de llorar, el extraño visitante le dijo:

– ¿Tienes miedo?

– ¿Quién eres tú? – preguntó la joven abrazando con fuerza sus rodillas.

– ¿Te da miedo morir? – dijo el hombre sin intención de

resolver sus dudas.

–Sí. Me aterra dejar este mundo. No sé qué haré sin mis padres y hermanos. No concibo el dejar esta tierra tan pronto, tengo tantas cosas por hacer… - contestó la joven

- ¿Por qué le tienes tanto amor a una vida tan efímera como esta? La existencia en el Anáhuac es tan corta como un suspiro, tan breve como el canto del cenzontle, tan fugaz como un poema que se dice un día y se olvida al otro… ¿Qué hay aquí que te hace aferrarte con tanta pasión a la vida que los dioses te han prestado?

–Aquí lo tengo todo, y "allá", si es que existe alguno, no tengo nada.

- ¿Cómo lo sabes? - preguntó el sujeto mientras pasaba sus largos dedos sobre un cuchillo de pedernal con la forma de una serpiente en el mango.

–No lo sé… - respondió Citlalli sujetándose la frente con desesperación

–Exacto. No lo sabes… nadie aquí sabe con certeza que hay más allá, porque al cruzar, todo lo vivido simplemente se queda atrás. Comprenderás qué no puedo darte demasiados detalles, pero sí puedo decirte que significado tiene aquello a lo que tanto temes…

–¿La muerte? - mencionó la joven tras un débil suspiro

–Yo no le llamo así. Yo le digo: avanzar. "Morir" como tú le llamas, es dar un paso al frente, uno que te llevara a la única y autentica experiencia de vida. Allá, en lo que tus hombres sabios y guerreros llaman "Mictlán", se alza el verdadero universo que sostiene la creación. Son 9 lejanas tierras en las que el aprendizaje y la virtud envolverán a tu alma inmortal, despojándola de las afecciones, dolores y penas que sufrió en este mundo. Es en ese lugar donde tu estancia en esta tierra cobrará autentico sentido.

–Pero, ¿y mis padres? ¿Me alcanzaran allá?

–Pequeña – dijo el joven hombre mirándola a los ojos –. Todos, invariablemente y sin excepción, llegaran al Mictlán. Algunos antes que otros, pero no habrá hombre, mujer, niño, anciano o bebé que no arribe en algún momento al mundo verdadero que hemos construido para ustedes.

–¿Es bonito ese lugar? El Mictlán del que hablas…

–Imagina la risa de un pequeño niño, endúlzala con el correr juguetón de un perro itzcuintli que persigue una pelota de plumas, luego adórnala con las enseñanzas del miembro más viejo de tu familia, y finalmente, píntala con los besos sinceros que le da una madre a su hija cada vez que la mira por la mañana. ¿Lo tienes? ¿Está esa imagen en tu mente?

–Sí… lo veo… está tan claro… no creo que exista nada mejor…

–Lo hay. Se llama Mictlán. Allá donde tú vas, todo lo bello que viviste en esta tierra se verá multiplicado, y todo lo malo será olvidado. Deja de temer. Te prometo – murmuró el hombre tendiéndole la mano – que "avanzar" será lo mejor que pudiera haberte pasado.

Citlalli miró a su curioso visitante; llevaba orejeras de oro y un hermoso sombrero con borlas de colores que apenas y dejaban ver su largo cabello trenzado en dos partes. Un par de coloridas líneas amarillas le adornaban el rostro, y una nariguera de jade marcaba el centro de su simétrico rostro.

Le sonrió y el joven le devolvió la sonrisa. Sus blanquísimos dientes parecían granos de maíz recién cosechados. No cabía duda, era él… se mordió los labios y le preguntó:

–¿Duele?

–No. Hay más dolor en un miserable segundo pasado en esta tierra que en el cálido momento del cruce. - le respondió.

–Pero antes de eso… tú sabes, me refiero al momento "clave" de la ceremonia…

–¿Te preocupa perder tu "vestido de piel"? ¿Es eso? - cuestionó el extraño con un confundido gesto.

–Sí…

–Bien, te diré que yo atravieso ese momento cada año, cuando las hojas de los arboles comienzan a caer anunciando el término de mi frágil reinado. Ha sucedido así desde hace tanto tiempo que he olvidado ya cuando empezó, y por lo mismo he dejado de preguntarme cuando terminará… di mi piel y mis ojos para que ustedes vieran crecer al maíz, y aunque me dolió entonces y me duele cada año, puedo decirte que jamás me he arrepentido de ello. Sacrificarme por ustedes, mis pequeños, es algo que siempre volvería a hacer…

–¿Me estás diciendo que debo ser valiente ante el dolor?

–No. Te estoy diciendo que el dolor es pasajero y que la recompensa es eterna. Que tu sacrificio durará un instante, mientras que el regocijo que obtendrá tu alma será permanente.

–Lo entiendo, pero no concibo por qué he de ser yo la sacrificada. ¿Qué razón hay por la que en esta ocasión no se elija a valientes guerreros para el ritual del sacrificio?

–¿Acaso hay algo más valiente que una mujer? - preguntó el hombre sin quitarle los ojos de encima.

Citlalli sonrió y negó con la cabeza. Pensó en su madre y en las privaciones que había pasado para criarlos a ella y a sus hermanos. Recordó a su abuela y su lucha permanente contra decenas de enfermedades que jamás consiguieron mantenerla un día en cama. Revivió decenas de los momentos más alegres de su vida, donde su imbatible curiosidad la llevó a ser más temeraria que sus propios hermanos al momento de enfrentar peligros desconocidos.

Xipe Totec tenía razón; el guerrero valiente que necesitaba en esta ocasión era ella; la doncella que aceptaría su destino sin pretextos ni quejas...

Tristemente no conseguía desprenderse del temor que le infundía el sangriento momento del sacrificio, donde los sacerdotes arrancarían su piel estando aún viva... se mordió los labios y buscó consuelo en los ojos de la deidad, que de pronto había comenzado a fumar una pipa poquietl envolviendo su rostro en un denso humo.

El dios giró su mirada hacia ella y le dijo:

–Si decides dejar todo atrás, y marchas sonriente hacia mi altar, te prometo que haré todo lo que esté en mis manos para evitar que dejes este mundo en medio del sufrimiento. ¿Qué me dices, Citlalli? ¿Me darás tu mano para dar inicio a la llegada de la primavera?

La joven asintió y le tendió la mano al divino dios del renacimiento. Salieron juntos de la base del templo y ascendieron doscientos veintidós escalones hasta el altar del sacrificio.

Ahí, tendida de cara a las nubes, la hermosa Citlalli vio como una serpiente de jade trepaba sobre su brazo derecho ascendiendo lentamente hasta llegar a su cuello. Luego sintió una pequeña punzada que asoció a los colmillos del brillante reptil y no pudo hacer otra cosa que sonreír. Abrió muy bien los ojos y pudo ver que frente a ella se erigía un bello sol radiante de color naranja que cubría cada trozo de su piel. Exhaló llena de sorpresa y alzó su torso para que el calor del astro rey llegara hasta el más lejano rincón de su interior.

Fue entonces cuando un colibrí de color carmesí se posó sobre su pecho y bebió el néctar que emanaba de su corazón. Cerró los ojos y percibió como sus brazos y pies flotaban sobre el aire, dejando tras de sí una estela de granos de maíz que apenas caer en el suelo se enterraban en él, convirtiéndose luego en parte de una milpa dorada que se extendía hasta el infinito.

Después todo se iluminó, y su propio cuerpo se llenó de luz hasta fundirse con un relámpago que había surgido de la nada.

Ese fue el momento en que dejó de sentir y cayó en un profundo sueño.

Cuando despertó, un pequeño perro de piel negra la miraba con fijeza. Al parecer el pequeño can le indicaba con insistencia un lugar más adelante.

Se hincó frente al hermoso animal y le acarició el lomo. Luego lo invitó a caminar y el perro rápidamente se puso en marcha. La llevó hasta un río de aguas cristalinas que se mecía suavemente con la ayuda de un viento que parecía venir de todos partes.

Del otro lado del río, un joven con la piel roja y dos líneas amarillos aguardaba por ella. Citlalli lo miró y le sonrió mientras agitaba su mano a forma de saludo. El hombre le correspondió con un gesto igual y exclamó:

–Es justo como te lo dije, Citlalli, para dejar atrás el sufrimiento, solo hace falta avanzar...

El aroma más dulce del mundo

Mi intención al visitar Papantla era ver a los asombrosos "voladores" de los que tantas veces había oído hablar, sin embargo, hubo algo en el camino que robó mi atención y provocó un ligero retraso en mi viaje.

Se trataba de una curiosa planta adornada con flores de color amarillo verdoso. No pude evitar sentir curiosidad, así que me acerqué a ellas lentamente y pronto mi nariz se embriagó con su aroma; era un olor mágico y dulce, que sin querer te transportaba a un mundo lleno de alegría y color.

Cerré los ojos y lo aspiré otra vez; inhalé hasta que mis pulmones estuvieron llenos, asegurando de esa forma que el recuerdo de aquel aroma se quedara grabado en mis pensamientos.

Oí unos pasos tras de mí. Rápidamente me puse en alerta. Seguramente se trataba del dueño de aquellas tierras, a las que –dicho sea de paso– había entrado sin permiso. Seguramente no le haría gracia que una turista extranjera con bermudas y sombrero de paja estuviera husmeando en sus sembradíos.

Con dos pasos torpes me hice hacia atrás y dibujé la mejor sonrisa que pude en mi pálido rostro. Con la vergüenza ruborizando mis mejillas y la lengua hecha nudo, intenté decir "buenos días". Fracasé, solo un sonido inteligible salió de mi boca.

Una risa apagada correspondió a mi saludo.

Desconcertada, miré a mi interlocutor, y descubrí que se trataba de un tipo alto y moreno, con la cabeza a rape y vestido de manera muy peculiar: llevaba puesto un "short" blanco con una camisa negra de flores amarillas. Los botones de esta amenazaban con desprenderse en cualquier momento debido al abultado vientre que poseía aquel hombre.

Tragué saliva y aspiré hondo; era necesario hacer un segundo intento de comunicación. Me pase la lengua por los labios y dije:

–Huele delicioso, ¿verdad? – Dije señalando a la flor- estoy casi segura de que la vainilla es el aroma más dulce del mundo.

El sujeto me observó fríamente y dejó escapar un muy largo suspiro. Luego fijó la mirada en tierra y dijo:

–Todos me dicen que el olor de la xanath es dulce, pero yo soy incapaz de percibirlo. Para mí esa flor solo huele a arrepentimiento, culpa y olvido...

– ¿Por qué dice eso? – pregunté sin pensar. Me arrepentí de inmediato, no deseaba hacerlo enojar.

Pasando por alto mi imprudencia, el melancólico hombre prosiguió con su explicación:

–Hace tiempo ya, cuando los venados cruzaban por centenas este lugar, y los dioses los pedían como ofrenda en sus templos solo verlos retozar y jugar, vivía una hermosa princesa de nombre Xanath. Tenía los ojos más hermosos que se hayan visto; el sol y la luna vivían en sus pupilas, danzando cada vez que ella miraba al cielo, y soñando cada vez que los cerraba para sonreír. Le puedo decir, sin temor a equivocarme, que la princesa Xanath fue el más grande tesoro que tuvo la nación totonaca.

Un curioso escalofrío recorrió mi piel. Sentí algo de temor al verme sola junto a aquel sujeto; no era miedo, no, era algo más... como si me estuviera adentrando en un sendero que me conectaba con otro mundo... un silencio sobrecogedor sobrevino después. Sentí que debía decir algo, pero no sabía qué. Me mordí el labio inferior y mencioné al fin:

–Habla usted como si hubiera conocido a aquella mujer.

–Tal vez lo hice. Tal vez no. Ya casi no recuerdo nada de lo que pasó ayer… pero sí la recuerdo a ella, a su andar cadencioso y a su largo cabello. Puedo jurarle que cada vez que cierro los ojos soy capaz de verla. – dijo con la voz triste y entrecortada.

Sentí algo de pena por él. Aunque también sentí curiosidad y deseaba verla saciada; así que presa de mi detestable imprudencia, pregunté:

– ¿Esa princesa vivió antes de la llegada de los españoles?

–Sí. Muchas gavillas de años antes, de hecho, su existencia ocurrió antes de que llegaran los fieros mexicatl. Sí, fue en templo del Chac-Mool donde la conocí, fue en ese lugar donde nuestros ojos se encontraron por primera vez…

–Usted dijo que no recordaba nada –interrumpí.

–Digo muchas cosas– contestó el hombre–.No todas tienen porque ser verdad. Igual que aquellas que le dije a Xanath aquel día. No todas eran ciertas, pero tampoco todas eran mentira. –mencionó mientras tamborileaba los dedos sobre su prominente estómago.

– ¿Usted era su "novio? –cuestioné.

–No, de hecho ni siquiera éramos amigos. Su amado se llamaba Tzarahuin, y era un pobre "jilguero" cuya única posesión en la vida era su hermosa voz. Era tan miserable que yo ni siquiera lo consideraba mi rival, para mí no era más que una simple molestia. Sin embargo, al final me equivoqué.

–No entiendo… ¿quién es usted? – dije con recelo y temor. La verdad era que el relato de aquel hombre había comenzado a asustarme.

–Lo siento, pero ya no recuerdo mi nombre– contestó–, pero sí permanece en mi mente aquello que solía hacer: mi deber era repartir felicidad. La gente acudía a mi templo pidiendo fortuna y alegría, y yo respondía con una sonrisa, iluminando el camino de aquellos que me honraban con su visita.

No era posible, ¡estaba frente a un dios! Quise correr lejos del lugar, pero mis piernas no respondieron. Solo atiné a mirar a mi extraño compañero y expresar mis dudas y miedos con una mueca descompuesta. Ajeno al temor que pudiera estar provocando en mí, el "dios" prosiguió con su narración:

–El amor entre Xanath y Tzarahuin era imposible; ella era una princesa, y él, un campesino perdedor. Su unión estaba condenada al fracaso. La vi llorar decenas de veces en la cima de la pirámide Tajín, pidiéndole al Chac-Mool que les arrebatara la vida para que pudieran estar juntos en la eternidad. La escuché sollozar mientras el indiferente mensajero del Cielo hacía caso omiso de sus súplicas y quejas. Fue entonces cuando decidí ayudarla; me hice presente ante ella y le declaré mi amor; le prometí una casa en las estrellas y una vida llena de dicha y felicidad.

– ¿Y qué dijo ella? – pregunté al ver que se había quedado callado.

–Nada. La bella Xanath no dijo nada. Solo me dio la espalda y se fue. Su respuesta había sido contundente: no quería nada del Cielo si este la alejaba de Tzarahuin. Debo decir que perdí la cabeza; no podía comprender la negativa absurda de esa bella humana, ¿es qué acaso había algo mejor en esta vida que el amor incondicional de un dios?

No supe que contestar. Aunque pensándolo bien, esa pregunta nunca fue para mí, porque la divinidad del vientre abultado siguió hablando sin aguardar por mi respuesta:

–Pero no me rendí. La seguí a todas partes; le escribí mil poemas y le obsequié mil flores; pero nada pudo opacar siquiera al embrujo que provocaba en ella la irritante voz de Tzarahuin. Fue entonces cuando di por perdida la batalla…

–Decidió dejarlos en paz–añadí, convencida de que la historia terminaba en ese punto.

–No, por supuesto que no. Mi orgullo divino no me permitió zanjar el asunto; aprovechando que Xanath dormía, tomé su forma y acudí ante Tzarahuin; a base de señas y guiños, lo hice seguirme hasta la cima del observatorio Tajín. Cuando pisó el último escalón, recobré mi forma y ¡le di un susto de muerte! Aquel miserable rodó por las escaleras de la pirámide a gran velocidad, magullando su cuerpo con cada impacto en los escalones de piedra. Cuando quedaban tan solo unos pasos para tocar el piso, su cráneo se estrelló con una piedra saliente y murió.

–Lo asesinaste…–dije con voz muy baja. No estaba lista para tan crudo giro en la narración.

–Sí, no estaba pensando con claridad. En aquel momento me pareció lo mejor. Hoy sé que cometí un terrible error. Cuando Xanath se enteró de la muerte de Tzarahuin, acudió a mi templo; estaba plenamente segura de que yo había tenido algo que ver. Al principio soporté estoicamente sus reclamos, pero tras unas horas, la ira se apoderó de mí y decidí darle fin a su tristeza: la tomé de los pies y la enterré en el jardín que adornaba mi hogar. Apenas tocó el suelo se transformó en una planta. Sus largos cabellos cobraron la forma de una vaina, y sus bellos ojos oscuros cambiaron su forma hasta convertirse en flor…

–La vainilla… transformaste a Xanath en la planta de la vainilla… por eso no te gusta su olor, porque te recuerda a…

–A ella… si, por eso no soporto ese aroma. Pero no por lo que tú crees. Ya no le guardo rencor. Ni a ella ni a Tzarahuin. Hoy que no soy nada más que un vago recuerdo en el viento, me doy cuenta de que yo no amaba a Xanath; solo me amaba mí mismo, y eso terminó por condenar mi existencia…

– ¿De verdad no recuerdas tu nombre? – dije sin recato. Estaba convencida que el dios de la "felicidad" trataba de engañarme.

–No, ni yo, ni nadie. Mi castigo es vivir en el olvido.

Nadie me nombra ya, y no hay persona ni fantasma en este
mundo, que sepa que este lugar que pisas fue alguna vez mi majestuoso templo. Hoy solo es el hogar de esta hermosa flor oscura, que con su dulce aroma me obliga a llenarme de culpa y arrepentimiento.

Lo miré compasivamente. No pude evitar soltar algunas lágrimas; era muy triste el pensar que debería de sufrir tan tremendo castigo por toda la eternidad. Pero tampoco podía olvidar a Xanath, la bella princesa totonaca cuyo único pecado fue amar. Así que me enjugué el llanto y pregunté:

- ¿Y ella? ¿También fue castigada? ¿Nunca volvió a ver a Tzarahuin?

No dijo nada, solo sonrió. Alzó el brazo derecho y señaló al cielo con desgano; un hermoso pajarillo de torso café y blanco descendía con dirección a la planta. Su pequeña cabeza rojinegra tocó con ternura la flor verdiamarilla, y luego se posó ligeramente sobre sus frágiles ramas.

–Ahí está el jilguero – mencionó al fin el dios–. Nunca se va de su lado.

Me mordí los labios para contener el llanto. No era normal para mí llorar dos veces en un solo día. Estiré las piernas y me percaté de que podía moverme otra vez. Aliviada, di un par de pasos lejos de la planta y dije:

–Me ha gustado tu historia.

–No es mía. Es de ella. Siempre ha sido de ella– respondió. Luego se desvaneció con el viento.

Sonreí. Era muy afortunada; no todos los días se escuchaba de los labios de un dios la historia de la flor con el aroma más dulce del mundo.

A la conquista del mar

Axolopilli: Primera Parte

Tenochtitlan, año nueve conejo (1501)

Cuatro mensajeros veloces entraron presurosos a los aposentos del poderoso Ahuizotl. Tres de ellos cargaban sobre sus hombros sendos paquetes cilíndricos hechos de palma, salvo el cuarto, que no parecía traer ninguna preciada entrega consigo.

Uno a uno fueron recibidos por la mano derecha del gobernante; el Ciuhcoatl o "mujer serpiente", quien fungía como segundo al mando de la máxima autoridad mexica.

El primero llevaba con él una cesta llena de pescados de piel plateada traídos directamente desde Tollocan. El funcionario se relamió los bigotes y luego le entregó un puñado de semillas de cacao en pago por su servicio. El mensajero las rechazó educadamente en el primer ofrecimiento, pero en el segundo las tomó y asintió levemente con la cabeza antes de salir de la residencia.

El segundo mensajero veloz portaba en su envoltorio un atado de piel de vendado, el cual serviría para escribir nuevos decretos con palabra pintada. Este recibió su pago sin hacer ademan alguno de no querer admitirlo.

El tercer correo ostentaba la cesta de palma más grande todos. Al abrirla, un frescor de proporciones épicas inundó la espaciosa habitación; se trataba de nieve, recolectada hace apenas unas horas del mismísimo Popocatépetl. El traslado de tan valioso bien había sucedido tan rápido que la nieve permanecía casi intacta, razón por la cual, el mensajero fue conducido a la casa de vapor más cercana, donde aparte de recibir su paga, podría descansar y relajarse sin tener que pensar en volver a realizar una entrega durante al menos unos días.

Cuando el cuarto emisario veloz se acercó al "mujer serpiente" y este vio que no traía nada en las manos ni en la espalda, le dejó ver de inmediato una mueca de desaprobación. Por la mente del funcionario pasaron mil y un cosas, todas ellas sumamente negativas, y no solo sobre el mensajero, sino también sobre su inocente madre...

Sin embargo, cuando el corredor le dijo cuál era la naturaleza de su entrega, su expresión cambió de forma radical, y lo hizo pasar sin demora hasta la sala de consejo donde se hallaba el Huey Tlatoani Ahuizotl.

Una vez allí, el mensajero se quedó sin habla al mirar el interior del lugar: paredes blanqueadas y adornadas con hermosas pinturas de las conquistas del Tlatoani adornaban el recinto. La luz del sol entraba directamente a la sala, cortesía de una serie de ventanas magníficamente bien ubicadas. Incluso había algunas aves exóticas venidas de tierras lejanas posadas en perchas hermosamente labradas. Extasiado por tanta belleza, el hombre del correo nunca notó que el tlatoani lo miraba con fijeza; era obvio que aguardaba de forma impacientemente la entrega de la tan misteriosa "carga".

Fue así como tras un carraspeo forzado del gobernante, el emisario volvió a la realidad; hizo el gesto de besar la tierra, luego se hincó y dio inicio a un interesante y conciso discurso:

"Dirigido al Venerado Orador Ahuizotl, líder legitimo del Único Mundo:

Mi muy respetado señor, siendo el mes Cuetzpallin del año Nueve Tochtli, es mi deber comunicarle que algo muy extraño ha sucedido en la costa del gran Estanque Cálido vigilado por nuestros súbditos totonacatl: una curiosa canoa sin navegante ha encallado en la playa. Nunca en la vida hemos visto una construcción como esa; no es un árbol ahuecado como el que solemos usar para construir nuestras barcas, sino que se trata de una especie de plancha con un fondo falso que le proporciona mejor flotabilidad (además de un muy extraño pero útil sistema de almacenaje).

Puede aprovechar la fuerza del viento Ehecatl para cobrar mayor velocidad, pues cargado al frente ostenta un complejo sistema de pilares y cuerdas que sujetan una especie de manta enorme, la cual se "infla" cuando es golpeada por el aire.

En la "cola" de dicha embarcación se coloca una especie de remo alargado, el cual permite que la canoa se conduzca hacia la derecha, la izquierda o frene un poco su avance.

Por si fuera poco, en el compartimiento de almacenaje hemos encontrado un curioso entretejido de carrizo, que me atrevería a decir es una especie de mapa, aunque ciertamente habla de tierras que nosotros desconocemos. Además hay algunas hojas de corteza pintadas con dibujos algo burdos pero entendibles, en los que aparecen hombres y mujeres con las manos apuntando hacia el cielo. Algunas veces se

entiende que es de noche (puesto que la luna meztli aparece retratada) y las estrellas del cielo se ubican del tal forma que parecieran señalar algún punto del Estanque Cálido en particular. Cuando los trazos en las cortezas hablan del día, podemos ver al sol Tonatiuh avanzando en diferentes direcciones, razón por la cual creo que hablan de él como una especie de guía en la navegación.

Sé que este tema puede parecerle insulso e insignificante, pero me gustaría pedirle su autorización para probar este enigmático sistema de transporte, y evaluar la posibilidad de reproducirlo con materiales locales.

Quizá usted en su infinita sabiduría piense que estoy loco, pero, ¿es que acaso no estuvo loco Tenoch cuando nos guio de Aztlán hasta Tenochtitlán?

Aguardó por sus instrucciones.

Cuauhpopoca, campeón águila y recolector de tributos"

Ahuizotl estaba gratamente sorprendido con el contenido del mensaje. Ciertamente era en extremo valioso, aunque no era capaz de vislumbrar con certeza todo aquello que se podía hacer con semejante información.

Se frotó la barbilla durante algunos segundos y luego se puso de pie. El mensajero entró en estado de alerta y aguzó los oídos, pues sabía que el poderoso tlatoani iba a dictarle su respuesta a continuación:

"Mi muy estimado y noble Cuauhpopoca:

Cuenta usted con mi permiso para llevar a cabo los experimentos necesarios con el hallazgo. Use el tributo recolectado a los totonacatl y a los huastecatl para financiar la construcción de las réplicas del artefacto encontrado.

Explore las tierras cercanas con ellas, y envíe información de orden militar tan pronto como esta sea recolectada.

Sepa bien que esta puede ser la oportunidad que esperábamos para expandir nuestro glorioso imperio. Haga lo que sea necesario para dominar esa tecnología, y que sea pronto.

El Venerado Orador del Único Mundo: Ahuizotl"

Sin esperar por nuevas indicaciones, el mensajero veloz se dio la vuelta y emprendió el viaje de regreso hacia Totonacapan, donde un nervioso Cuauhpopoca aguardaba por la respuesta su belicoso pero astuto gobernante.

***

Tras cuatro meses de arduo trabajo, Cuauhpopoca había conseguido construir ocho barcazas al estilo de la embarcación encontrada; todas ellas tenían alas "papalotl" (así llamó él a las enormes mantas que servían para impulsar a la canoa con la fuerza del viento) y conservaban tanto el espacio de almacenaje como el fondo hueco.

Además, gracias a los planos dibujados por un artista totonacatl, había conseguido hacer que sus copias fueran un poco más grandes, pudiendo llevar en su base a 12 hombres, en lugar de los seis que le cabían al modelo original.

Afortunadamente, las réplicas mantenían la funcionalidad del misterioso artefacto, y surcaban las aguas del Estanque Cálido con relativa facilidad, inclusive eran capaces de mantenerse a flote tras el embiste furioso de las olas que venían desde más allá de la zona de aguas profundas.

Una vez reunida la flotilla de canoas a las que puso el nombre de *"Ayotl"* o tortuga, Cuauhpopoca decidió enviar un nuevo correo veloz a Tenochtitlan con un mensaje corto y preciso:

"Estamos listos".

Dos días después, el sistema de correos con mensajeros veloces le estaba entregando la respuesta que tanto ansiaba: la autorización para adentrarse en las aguas profundas del estanque cálido y encontrar nuevos pedazos de tierra que explorar, y conquistar...

Junto con un pequeño cofre de piedra que contenía polvo de oro para sufragar nuevos gastos, encontró que el Venerado Orador le había concedido un nuevo nombramiento: a partir de ese momento, se fundaba una nueva orden de campeones nobles que llevaría el nombre de *"Axolopilli"*, haciendo referencia al monstruo acuático que inundaba todas las leyendas relacionadas con agua en el Anáhuac.

Sonrió y miró al horizonte. Sí, sería un monstruo acuático, uno que apenas divisara una nueva tierra, la haría suya, expandiendo cada vez más los límites del poderoso e invencible Imperio Mexicatl.

El águila que devoró al mar

Axolopilli: Segunda Parte

Cobalán, año diez conejo (Cuba, 1502)

Así habló Cuauhpopoca, campeón Axollopilli y primer navegante del Imperio Mexica:

Han transcurrido 360 puestas de sol desde que el Venerado Orador Ahuizotl me encomendó la exploración del gran Estanque Cálido con fines expresos de expansión del imperio mexicatl. Debo agradecer a la siempre amable y amorosa Chalchiutlicue que haya velado por nosotros durante los primeros viajes, pues de no haber sido por ella y su poder para tranquilizar las aguas, nuestras primeras barcazas habrían perecido irremediablemente en el vasto azul.

Me apena decir que nuestras primeras canoas de exploración no fueron tan resistentes como debieron haber sido, pero he de resaltar también que, gracias a dichas fallas estructurales, fue que pudimos mejorarlas enormemente tan solo unas semanas después.

Y si bien dos de nuestras canoas de exploración se hundieron, las seis restantes regresaron completas de su primer viaje, trayendo consigo importantes noticias; habían avistado una enorme isla a tan solo unas carreras largas de los últimos territorios mayas, y por lo que aseguraban quienes habían decidido pisar tierra, los habitantes del lugar se encontraban escasamente armados, y no llevaban mayor protección sobre sus cuerpos que pintura negra, amarilla y uno que otro burdo tatuaje.

Entusiasmado por el hallazgo, ordené reconstruir las barcazas perdidas y reforzar las restantes, basando el rediseño en un detalle que no habíamos notado de la canoa original que encontramos en Totonacapan; atamos cuerdas de soporte a la manta receptora de viento, asegurando de esa forma la captación de únicamente las corrientes de aire que nos interesaba seguir, y no todas, como sucedía con anterioridad.

Apenas hechas las mejoras, nos lanzamos a la aventura sin pensar demasiado en las consecuencias; cargamos los compartimentos de almacenaje con espadas maqahuitl, lanzadores atlatl y arcos con incontables flechas; llenamos cestas de paja con carne seca de conejo y enormes cantidades de pinoli; nos pintamos la cara con pintura de guerra y guardamos en paquetes adicionales nuestras armaduras de algodón, conscientes de que si nos las ceñíamos antes de viajar por el Estanque Cálido, seguramente las estropearíamos con la mezcla de nuestro propio sudor y el agua de mar.

Tardamos tan solo unos días en llegar de Totonacapan a los señoríos mayas. Ahí nos reabastecimos de comestibles y reanudamos el viaje a la isla de la que habían hablado nuestros exploradores. El Estanque Cálido estaba en calma y el viento se negaba a soplar, razón por la cual tardamos más en llegar hasta nuestro destino. Mis hombres estaban ansiosos por entrar en combate, y me resultaba difícil calmar sus ánimos, sobre todo los de aquellos que no compartían barcaza conmigo, pues a ellos solo podía intentar tranquilizarlos con señas desde mi canoa, y a decir verdad, pienso que no resultaban tan efectivas como deseaba que fueran.

Finalmente, tras tres días y dos noches, tocamos tierra fuera del Anáhuac. Era la primera vez que nos alejábamos tantas carreras largas de casa, pero algo en mi corazón me decía que el riesgo valía la pena.

Lo primero que hicimos fue trasladar las canoas a tierra y luego atarlas a los árboles que se alzaban en la arena de la costa. Después tiramos algunos de sus frutos a base de pedradas y nos alegró descubrir que en su interior guardaban agua fresca y deliciosa.

Pasé lista a las tropas, y descubrí con alegría que ninguno había enfermado durante el viaje. En total tenía a mi disposición a 83 valerosos campeones mexicatl: 45 campeones flecha, 20 Quachic o águilas viejas, 10 nobles campeones águila y 8 fieros guerreros jaguar.

Entrenamos durante algunas horas en la playa para desentumir las piernas y los brazos. Cuando se sintieron lo suficientemente relajados, les ordené enfundarse sus trajes de guerra y marchar hacia el poblado más cercano. Según la información de Tlilpotonqui, uno de los campeones águila que se había aventurado a explorar los alrededores, la aldea más próxima se hallaba a tan solo una carrera larga de nuestra posición.

Marchamos orgullosos hasta el lugar, pero cuando llegamos ahí, nos sorprendió el más profundo de los silencios. Parecía que el pueblo entero había sido evacuado apenas unos instantes antes de que llegáramos. Confundidos ante el hecho, nos adentramos sin pensar en el centro de la aldea, pensando que quizá en alguna de las chozas encontraríamos alguna respuesta al abandono tan súbito del poblado.

Nuestro error fue bajar la guardia tan pronto, pues fue aquella acción la que puso en gran peligro la misión que nos había encomendado Ahuizotl.

Apenas entramos a las cabañas *"abandonadas"*, oímos una estampida de furiosos gritos de guerra que parecían venir de todas partes. Di la orden de reagrupación, y como pudimos nos apretamos unos contra otros en lo que creímos era la explanada principal de la aldea.

Cuando miramos alrededor, el corazón nos dio un vuelco, y sudamos tanto y tan frío que podría jurar que nuestra propia piel se había congelado y convertido en nieve del Popocatépetl; nos encontrábamos rodeados por centenas de furiosos guerreros locales, todos pintados de amarillo, negro y rojo, armados hasta los dientes con arcos, flechas, garrotes de madera y pequeños cuchillos de piedra.

Gritaban desaforados, y golpeaban el suelo con sus pies para infundirnos miedo. Los lideraba un sujeto gordo con un penacho de plumas rojas, el cual, dicho sea de paso, parecía poco capaz para la batalla.

Alcé mi espada maqahuitl y dejé escapar un alarido de combate. Mis campeones entendieron la indicación de inmediato y cerraron nuestra formación en un cuadrado perfecto que rápidamente cubrió sus flancos con los escudos de plumas.

Al ver que no habíamos reaccionado a su provocación, los nativos de la isla prepararon sus arcos, apuntaron hacia nosotros y dispararon...

Más de cien flechas volaron hacia nosotros, pero levantamos nuestros escudos de madera y plumas para protegernos del impacto, y ni uno solo de sus dardos pudo hacer blanco sobre nosotros. Con sus primitivas flechas clavadas en nuestros chimalli de plumas, elevamos el rostro al cielo y gritamos una alabanza al señor de la guerra Huitzilopochtli en agradecimiento por su más reciente protección.

Enardecidos, nuestros enemigos se lanzaron al ataque sin planificar su embate. Parecían un enjambre de hambrientos mosquitos moyotl en una estúpida orgia de sangre.

Sonreímos, no había mejor presa que aquella que se ofrecía voluntariamente. Aunque eran más numerosos, su armamento era mucho más primitivo que el nuestro, y al chocar sus garrotes contra nuestras espadas maqahuitl, se vislumbró de inmediato quien resultaría el vencedor de la batalla.

Los soldados locales caían como moscas ante los furiosos embates de mis campeones; algunos perdían manos y brazos intentando enfrentarse directamente con las filosas maqahuitl de los guerreros jaguar. Otros se estrellaban inconscientes en el suelo tras los certeros disparos de mis experimentados campeones flecha. Los más afortunados eran abatidos desde lejos por los poderosos dardos atlatl lanzados por los campeones águila de mi expedición.

Pocos llegaron ante mí, y me alegra decir que los despaché sin dificultad alguna: a dos valientes nativos los rebané con un solo golpe de mi maqahuitl, despojando a uno de su mano izquierda y a otro de su brazo derecho. Uno más recibió un impacto de escudo en el rostro, resultando su nariz quebrada producto del golpe. Cuando lo vi de rodillas en el suelo, le clavé mi cuchillo de pedernal en la garganta. Los tres últimos que consiguieron evitar a mi guardia para hacerme frente recibieron la peor parte: al primero lo abatí con un furioso espadazo en la nuca. Murió de inmediato. El segundo esquivó mi golpe de escudo, pero recibió de lleno un impacto de mi maqahuitl en pleno rostro. El reguero de sangre y dientes adornó el campo de batalla. Finalmente, mi tercer rival estaba tan aterrorizado por el destino de sus compañeros que se dejó vencer sin mayor problema, primero por un furioso ataque de mi chimalli y luego por dos salvajes puñetazos en pleno rostro. Lo rematé al verlo tirado en el suelo.

Esto no era una guerra florida, aquí no tenía por qué tomar prisioneros…

Tras apenas unos minutos de lucha, los guerreros locales estaban más que sometidos. De aproximadamente cuatrocientos, solo restaban doce en pie, los cuales, al verse derrotados, arrojaron sus armas al suelo e hincaron una rodilla en tierra.

Busqué al líder entre los muertos, y lo vi en la pila que Atletl (el guerrero jaguar más experimentado de mi escuadrón) tenía a sus pies. Eso dificultaba las cosas, pues así sería más difícil negociar una rendición completa de aquel poblado.

Sin embargo, una vez más Huitzilopochtli acudió en nuestro auxilio: uno de los sobrevivientes hizo ademanes de ser uno de los "nobles" de la aldea (o al menos eso entendimos) y dentro de sus señas pudimos detectar lo que parecía ser un ofrecimiento de tributo.

Picados por la curiosidad, lo dejamos marchar, y apenas un rato después volvió con toda la población civil de la aldea: mujeres, ancianos, niños… todos ellos lucían aterrorizados, pero resigandos, y sin oponer la mayor resistencia agachaban la cabeza en señal de sumisión cuando pasaban junto a nosotros.

El "noble" se acercó nuevamente hacia mí, y depositó a mis pies una vasija de madera con forma de tortuga. Dentro había piezas de oro y piedra labradas con gran maestría. Después llamó a algunas mujeres y niños y los formó frente a mí. Hizo un ademán de entrega y entendí que me cedía su propiedad. Asentí con un gesto de cabeza y luego lo invité a sentarse conmigo en una formación de rocas cercana. Como pude le hice entender de donde venía y a quién servía. Al principio lo confundí bastante, pero luego asimiló el concepto de imperio y me hizo saber que en su "mundo" existían cuatro "cacicazgos" más, de igual poder y población que el suyo. Me sugirió avanzar de inmediato para someterlos, pues pronto se correría la voz de que marchábamos para conquistar la isla, y si dejaba pasar demasiado tiempo, se reunirían entre sí para combatirme y expulsarme de ella.

Analicé la situación con detenimiento. Era imperativo que volviera a Totonacapan para enviar a Tenochtitlán los tributos ganados en esta primera batalla, aunque no podía negar que mi reciente aliado tenía razón: si abandonaba la isla sin someter a los demás caciques, corría el riesgo de enfrentar a un ejército gigantesco de nativos furiosos y mejor preparados, cargados en demasía con gran animadversión hacia mí y todo lo que representaba.

¿Debía regresar a ofrecer mi tributo y reunir más refuerzos? ¿O seguía el consejo del "noble" conquistado y avanzaba hacia el interior de la isla para someter a las demás aldeas?

Encendí mi pipa poqietl y suspiré un par de veces.

Aspiré el humo y cerré los ojos, esperando que los dioses vertieran la luz de sus miradas en mí, ayudándome a tomar la decisión más importante de toda mi vida.

Exhalé lentamente y miré a mi interlocutor. Asentí lentamente. Era ahora o nunca; si no aprovechaba el impulso de mi victoria, posiblemente me toparía con una resistencia infranqueable en mi regreso a la isla.

Como primera acción envié a Atletl de regreso a Totonacapan, con la única consigna de entregar parte del tributo recolectado al recaudador de impuestos mexicatl de la región. El botín se componía de ocho mujeres jóvenes y atractivas, cuatro niños fuertes y sanos, y un pequeño cofre con arte labrada en piedra y oro.

Después le solicité a mi nuevo aliado tropas de refuerzo, y prometió engrosar las filas de mi ejército si accedía a entrenar a sus hombres en las artes de combate que habían mostrado los míos.

Acepté.

Fue así como pronto me vi con 83 campeones mexica y 200 jóvenes nativos que no habían participado en la batalla inicial que sostuvimos con su pueblo. Invertí dos días en enseñarles las formas básicas del combate mexicatl, luego los hice marchar hacia el interior de aquella tierra desconocida.

Cuando llegamos a lo que resultó ser una vasta planicie de suelo arenoso, divisamos a lo lejos algunos "**estandartes**" de plumas rojas y amarillas. A partir de aquel momento avanzamos con gran cautela, con los escudos chimalli en alto y las armas sujetas con inusual fuerza.

En el momento en que alcanzamos la parte más elevada del terreno, pudimos apreciar con claridad el problema en el que estábamos metidos: frente a nosotros se presentaba una de las mayores fuerzas militares que hubiéramos visto…

Eran más de dos mil guerreros locales pintados de negro y rojo de pies a cabeza, gruñendo furiosos y golpeando el suelo con sus garrotes de madera, haciendo temblar la misma tierra, amenazando con abrir un hueco justo a mitad de ella en el momento más inesperado.

Tragué saliva y dejé escapar un suspiro largo, casi infinito…

¿Sería que la muerte aguardaba por nosotros en aquel campo de batalla?

El canto de Tláloc

Axolopilli: Tercera Parte

Año diez conejo – año once conejo (1502-1503)

Mi nombre es Abakoa, cacique de la gente amarilla de la costa de Kobalán. Hace algunos días, mi pueblo entero fue arrasado por un poderoso grupo de guerreros venidos de más allá del mar. Su líder, un tal *"Kuaupopoka"*, logró someter a la totalidad de mis guerreros en tan solo una batalla. Alega ser una suerte de líder combatiente o algo parecido de una tribu llamada *"meshikas"*, y desdeñó el tratamiento de cacique que le ofrecimos al terminar nuestro breve escarceo. Al parecer, tiene un rey en las tierras de más allá del mar, y ha sometido su voluntad a este sin que la ambición propia de los hombres lo tiente a traicionarlo.

Dado que su gesto era adusto y fiero, le ofrecí algunos tributos para calmar su ira contra mi gente. Entre ellos cedí a mi primera esposa y a mi primogénito, esperando que corrieran con mejor fortuna con los *"meshikas"* que conmigo, un cacique derrotado que no supo defender a su pueblo.

Pero no todo estaba perdido, por mi platica con *"Kuaupopoka"* inferí que deseaba hacerse con el control total de la isla, así que le propuse enfrentar de inmediato a los demás caciques, aprovechando así el factor sorpresa de su llegada. Incluso le ofrecí a 200 de mis más jóvenes soldados para que engrosara las filas de su ejército.

Para mi sorpresa, el líder *"meshika"* aceptó mi propuesta, y envió de regreso a su patria a uno de sus mejores campeones, con el único fin de llevar el tributo que yo le había dado al gran gobernante de su enigmática y belicosa tierra.

Pronto nos pusimos en marcha, creyendo fielmente que podríamos sorprender a los cacicazgos enemigos antes de que advirtieran la presencia de los invasores (ahora mis aliados). Sin embargo, no tomé en cuenta que las malas noticias viajan rápido, y cuando nos presentamos en la gran planicie del centro de nuestra tierra, ya nos esperaba un enorme ejército compuesto por más de dos mil soldados. Era evidente que los cuatro caciques restantes de la isla se habían unido en nuestra contra.

Mi primera intención fue huir. ¡Había que estar loco para presentar batalla a tan formidable armada! Miré a mis jóvenes tropas para ver si el miedo que me conquistaba también los desbordaba a ellos. La respuesta fue negativa: estaban contagiados por el fervor *"meshika"* de la batalla.

Tragué saliva. ¡Los jóvenes de mi pueblo estaban demostrando ser más valientes que yo! Sacudí la cabeza y sujeté con fuerza mi cachiporra de batalla. Estaba hecha de un árbol de caoba que un relámpago tiró cuando yo era niño, así que imaginé que la fuerza de la tormenta vivía en él, y me aferré a esa idea para abandonar el miedo que inundaba mi alma.

Los enemigos empezaron a gritar y a golpear el suelo con sus garrotes, mas *"Kuaupopoka"* ni siquiera se inmutó. El griterío era incesante, ¡era increíble que ese hombre se mantuviera como si nada!

Las tropas de los caciques amagaron con lanzarse al ataque. Una primera línea de aproximadamente cien soldados corrió al frente. Sin que su líder les dijera absolutamente nada, los guerreros "meshikas" formaron una línea horizontal que protegió a mis tropas y a un grupo pequeño de sus guerreros. Alzaron sus escudos y gritaron al unísono asustando a la infantería rival.

Fue entonces cuando "Kuaupopoka" alzó su brazo izquierdo e hizo una seña como invitando a su tropa a disparar…

¿Disparar qué? ¡Ninguno de ellos tenía sus arcos preparados!

¡Pero que tonto fui! Lo que sucedió a continuación me dejó sin habla; cerca de cincuenta de sus campeones usaron una especie de "lanzador" que arrojó una pica por los aires. Su vuelo cortaba el aire provocando un silbido estremecedor que hacía que se te helaran los huesos.

Las picas volantes cayeron furiosas sobre los cuerpos desnudos de los soldados enemigos, sembrando el suelo con cadáveres chorreantes de sangre en tan solo unos segundos. Asustados, los sobrevivientes de la primera oleada se dieron la vuelta y retornaron a la seguridad de su formación.

Completamente fuera de sí, el cacique principal ordenó que más tropas se integraran al combate. Los guerreros titubearon, así que él mismo decidió poner el ejemplo: emprendió una violenta carrera con dirección a los "meshikas", esperando que su accionar motivara a sus soldados.

Funcionó. La totalidad de la armada enemiga se lanzó colérica hacia el pequeño conglomerado "meshika" y amarillo.

Temí lo peor.

Pero esa gente que vino de más allá del mar no dejaba de sorprenderme, porque incluso parecía que tenían a los dioses de su parte.

De la nada, el cielo se oscureció y una poderosa tormenta comenzó a caer del firmamento. Brillantes relámpagos y estruendosos truenos se colaron en el campo de batalla, aterrorizando a todos los soldados presentes, bueno, a todos menos a los *"meshikas"*, que sonreían y alzaban sus rostros agradeciendo la inesperada tormenta. Murmuraban una palabra que se quedó grabada en mi mente, la cual estoy seguro jamás podré olvidar:

Tlalok.

¿Tlalok? ¿Qué cosa era un *"Tlalok"*? ¿Acaso era esa su palabra para designar a las tormentas? ¿O se trataba de uno de sus dioses? ¿Alguien parecido a nuestro *"Jurakán"*?

Y como si de un milagro se tratase, a tan solo a unos pasos de que el cacique rival llegara hasta los *"meshikas"*, un rayo voraz cayó sobre él, quemándolo vivo, calcinándolo hasta los huesos frente a su propia armada.

–¡Tlalok! – volvieron a gritar los campeones que vinieron de más allá del mar, agitando sus escudos con plumas y sus espadas con puntas negras brillantes.

Las tropas enemigas comenzaron a huir en todas direcciones, abandonando cualquier esperanza de victoria en el campo de batalla. Curiosamente, la gente de *"Kuaupopoka"* no los perseguía. Simplemente miraban al frente, musitando una especie de canción, contribuyendo así a que el ambiente fuera todavía mucho más tenso y macabro.

Y ahí, en medio del caos, el líder *"meshika"* dio la última orden del día: extendió su dedo índice y señaló a mis jóvenes soldados. Luego llevó su brazo hasta los enemigos que escapaban despavoridos y cerró el puño con fiereza.

Su indicación era clara: acaben con ellos.

Así que sin mayor problema, aquellos jóvenes a los que alguna vez entrené en el manejo de las armas se entregaron a un frenesí de violencia jamás visto: persiguieron y asesinaron a decenas de acobardados soldados que huían sin control ni destino alguno.

Y el único ruido de fondo era esa aterrorizante melodía a la que llamé "la canción de Tlalok".

Pronto vi volver a mis tropas manchadas de sangre y con una sonrisa macabra en los rostros. En un segundo todo aquello en lo que creía se oscureció de pronto, y me pregunté si había hecho bien en aliarme con *"Kuaupopoca"* y sus *"meshikas"*.

La lluvia seguía cayendo sin parar, y la *"canción de Tlalok"* seguía sonando en mi cabeza, aunque ya hacia algún tiempo que los *"meshikas"* habían dejado de entonarla…

***

Ha transcurrido un año desde aquella batalla en la que los caciques de Kobalán se rindieron ante el poder *"meshika"*, y hoy estamos todos reunidos bajo el estandarte del monstruo acuático de *"Kuaupopoca"*, esperando que su genio táctico y militar nos ayude a hacernos del territorio de los temibles *"karibes"*.

Hemos avanzado ya más de tres mil pasos desde la costa y aun no hemos encontrado ningún contingente enemigo. Los *"meshikas"* marchan al frente, y de vez en cuando voltean hacia atrás para indicarnos que sigamos adelante.

Mas de pronto los perdemos de vista. El miedo crece en

nuestros corazones, pues ya no somos capaces de vivir sin la protección de aquellos guerreros que vinieron de más allá del mar. Atemorizados, nos dispersamos entre la densa jungla en la que hemos entrado sin querer. Pronto débiles silbidos comienzan a cortar el aire, y una gran parte de nosotros, los tainos de Kobalán, cae irremediablemente al suelo, presa de venenosos dardos que se dejan ver sobre sus cuellos.

Grito para alertar a mis hombres, pero todo es en vano, porque también ellos se estrellan en el suelo tras los sigilosos disparos.

Cuando un número considerable de nosotros yace en el lodo de la jungla, los "*karibes*" abandonan su escondite, intentando rematarnos con sus lanzas y garrotes. Y solo en el momento en que todos ellos han salido de sus guaridas, es cuando los "*meshikas*" aparecen y los acaban en tan solo unos instantes.

Sus poderosas "*makahuil*" rebanan sin consideración a los belicosos pero frágiles "*karibes*", que solo protegen su cuerpo con pinturas de guerra, justo como hacíamos nosotros…

Y en medio de la batalla (o más bien, la masacre), la lluvia hace su aparición otra vez, confundiendo aún más a los asombrados "*karibes*", que no terminan de comprender lo que acontece a su alrededor.

Entonces, una melodía conocida se vuelve a escuchar en el lugar. Retumba en mis oídos y me transporta a aquel día en que dejé de ser un taíno para convertirme en un súbdito de los "*meshikas*". Me muerdo los labios para contener la furia que me carcome desde lo más recóndito de mi corazón, y sin pensar me lanzó al ataque.

Pero no contra los "*karibes*", sino contra mis aliados

"*meshikas*". Apenas alzar mi cachiporra recibo un golpe de "*makahuil*" en el abdomen. Mis entrañas se escapan de mi cuerpo, y en el instante en que la vida me está abandonando, recuerdo a mi esposa y a mi hijo, aquellos que puse en manos de "Kuaupopoca" justo después de que este arrasó mi aldea…

¿Habré hecho lo correcto al aliarme con los "*meshikas*"? ¿Fue la mejor de las decisiones darles la espalda y traicionarlos?

No puedo pensar… esa tétrica canción sigue sonando en mi mente, aunque hace ya algún rato que mis antiguos aliados han dejado de cantarla…

Un sepulcro en el inmenso azul

Axolopilli: Última Parte

Hace ya siete años que no visito Tenochtitlán. Parece mentira que un águila haya podido pasar tanto tiempo lejos de su nido sin morir de tristeza, pero así ha ocurrido, y como tales han sido los designios de los dioses, yo, Tlilpotonqui, Cuauhchique del Imperio Mexica, me mantengo en pie, aunque mi corazón hace tiempo ya que se ha derrumbado.

Me pregunto cuanto han crecido mis hijos; ¿serán buenos estudiantes? ¿Seguirán siendo aquellos niños amables que no dejaban de agitar sus manos al momento de mi partida? ¿Se habrán unido a las guerras floridas por convicción o por obligación?

¿Se acordarán de mí? ¿Habrá espacio en sus corazones para el viejo Tlilpotonqui?

Quizá sí, quizá no, qué importa… aquí lo único que interesa es la gloria imperecedera del poderoso Imperio Mexica, un monstruo enorme que ha cruzado el enorme Estanque Cálido para echar raíces en islas nuevas y misteriosas, a veces hostiles, otras amables, pero siempre lejanas y frías, carentes del tibio abrazo que solo el Anáhuac es capaz de dar.

Si tan solo pudiera volver y olvidarme de mis nobles plumas para siempre, regresaría a mi casa encalada en Tenochtitlán y disfrutaría a mi familia; abrazaría a mi esposa Quequemitl en plena calle aunque los vecinos se escandalizaran; llevaría a mis hijos al mercado de Tlatelolco y les compraría armas nuevas para su próxima guerra florida; visitaría la casa de las Águilas y fumaría mi pipa poqietl junto a los otros veteranos, contando historias de tiempos que ya fueron y que jamás volverán.

Si tan solo no fuera la mano derecha del valiente Cuauhpopoca, todo eso sería posible. Pero mi tonalli se ha escrito con sangre y fuego, y los dioses han querido que yo me convirtiera en una pieza imprescindible en esta guerra, otorgándome una inteligencia que no pedí y una boca que nunca he sabido controlar…

Siempre fui un gran explorador, dotado de gran visión e inteligencia, aunque también de ambición y un absurdo deseo de superación. Fue esto último lo que me llevó a decir las palabras que sellaron mi destino: tras la primera batalla contra los caribes (aquella en la que murió el primer aliado nativo que tuvimos), se me ocurrió que nos arriesgábamos demasiado al internarnos en las densas selvas extranjeras, y le sugerí a Cuauhpopoca que fuéramos más cautos y astutos, poniendo especial énfasis en atacar desde lejos en lugar de hacerlo cuerpo a cuerpo.

Apenas hablé recibí duras críticas y reprimendas; los campeones jaguar me llamaron miedoso, y mis compañeros águila me tacharon de cobarde, alegando que solo los guerreros sin honor atacaban sin dar la cara a sus enemigos, justo igual que como habían hecho los caribes.

Fue ahí cuando tomé el control de la discusión; les dije que de no haber utilizado a los taínos como carnada, estaríamos muertos junto con ellos, tapizando con nuestros cuerpos la espesa selva de los belicosos caribes. Dudaron, y en ese momento di el golpe final en la disputa, alegando que si nosotros pudiéramos hacer lo mismo, pero atacando desde nuestras canoas, la conquista de las islas misteriosas sería mucho más sencilla y costaría menos vidas.

Aunque nadie apoyó mi punto, tampoco nadie lo contradijo. Estoy seguro de que ese fulminante silencio fue el que provocó que el Axolopilli Cuauhpopoca se decantara por mi plan, encomendándome la misión de estudiar el armamento caribe para encontrar ideas útiles que pudieran mejorar nuestras embarcaciones.

Tras un par de meses cosechando fracasos con distintas armas, conseguí desarrollar un modelo a escala de la peligrosa cerbatana caribe. Mi prototipo no funcionaba con un soplido como el lanzadardos nativo, sino que empleaba una manivela que debía moverse con los brazos, provocando que la fuerza del giro impulsara el proyectil hacia el frente.

Era un arma algo lenta, pero bastante destructiva; se cargaba con una piedra de buen tamaño y con tan solo un lanzamiento lograba reducir a escombros una choza caribeña. Cuauhpopoca quedó impresionado, y ordenó de inmediato que se construyeran más *"Ehecacaxtli"* (o "maderos de viento, término con el que nombró a mi invento), para probarlos contra el siguiente poblado caribe.

Colocamos algunos lanzadores en las canoas y nos lanzamos a la conquista de nuevos territorios. La idea fue un éxito: destrozamos una aldea caribe en tan solo unas horas. Ni siquiera tuvimos que golpear a nadie con nuestras maqahuitl; los nativos se rindieron apenas bajamos de los barcos.

Hicimos prisionera a toda la aldea y nos congratulamos por el triunfo obtenido. Enviamos una gran cantidad de tributos a Tenochtitlán, esperando que el Venerado Orador Ahuizotl premiara nuestro valor y esfuerzo.

Y lo premió, pero no de la forma en que pensábamos (al menos no de la forma en que yo quería); envió nuevos refuerzos y nuevas órdenes: quería que todas las islas del mar fueran nuestras, exigía que los tainos y caribes fueran sometidos en su totalidad y que todas las riquezas obtenidas (fueran lo que fueran) se enviaran directa e inmediatamente a Tenochtitlan. Además, ordenaba preparar el terreno para la llegada de artesanos, constructores y colonizadores, pues deseaba que las aldeas conquistadas se convirtieran a la brevedad en asentamientos mexicas.

Cuando se me comunicaron dichas noticias, no pude ser más infeliz; había pensado ingenuamente que dada mi contribución en la campaña, se me liberaría del servicio y volvería a Tenochtitlan como un héroe, sin embargo, ocurrió todo lo contrario…

Junto con los refuerzos y las nuevas directrices también llegó algo para mí, pero no fue mi libertad, sino mi nombramiento oficial como Cuauhchique. Mis compañeros me envidiaban, pero yo los envidiaba a ellos; porque ellos podían volver a casa, y yo estaba atrapado ahí, en medio de la nada, rodeado por el inmenso azul, alejado de lo que más amaba en la vida, a miles de carrera largas de mi querida familia.

El tiempo siguió su curso y desarrollé armas aún más efectivas, como una gigantesca palanca hecha con troncos de árboles muy flexibles capaz de arrojar proyectiles en llamas a grandes distancias, o el atlatl gigante con ruedas que podía transportarse de un lugar a otro, llevando la muerte y la desolación allá a donde fuera.

Pronto me convertí en una especie de *"maestro armero"*, y ya nadie imaginaba la *"Guerra en el mar"* sin mi venerable presencia.

Y aunque sonreía ante los soldados, y agradecía con un gesto afable cada halago que se hacía a mi persona, el pensamiento que transitaba por mi cabeza era el deseo permanente de que terminara esa absurda guerra.

Finalmente, llegó el día en que ya no pude más, y le pedí a Cuauhpopoca una audiencia privada. La petición tomó por sorpresa al campeón Axolopilli, pero accedió a verme sin ningún reparo. Apenas lo tuve enfrente le hice patente mi decisión de irme del frente de guerra. Lo dije como si la decisión residiera en mí y no en él, esperando que la fuerza de mi voluntad sobrepasara la suya.

Me miró fríamente y con detenimiento, igual que el águila cuando mira por última vez a su presa antes de devorarla. Aunque sentí temor, no aparte la mirada, y me mantuve firme a pesar de que las piernas y los brazos me temblaban sin control.

Luego, sin aviso previo, cerró los ojos, se sobó el puente de la nariz y dijo:

"También estoy harto. Volveremos mañana. En cuanto Cuauhtlahuac llegué a la isla, tomaremos una canoa de guerra y no volveremos jamás a cruzar el mar."

Mis ojos se abrieron como vasijas de barro producto de la sorpresa. No fui capaz de decir más. Solo asentí y abandoné su choza de campaña haciendo el gesto de besar la tierra.

Cuando salí, la felicidad me corroía las venas: ¡Volver! ¡Al fin volvería a mi amada Tenochtitlán! ¡Gracias a los dioses me reencontraría con mi familia!

Y me fui a dormir usando como única cobija a las estrellas, deseando con todas mis fuerzas que el nuevo día por fin llegara.

Desperté justo al amanecer, y decidí dar una ronda de vigilancia por el campamento. Era un viejo hábito de campeón águila que era imposible de eliminar. Subí a un risco cercano y miré al mar con una mezcla de melancolía y altivez: sí, lo extrañaría, pero también ansiaba dejarlo atrás y no volver a verlo nunca más. Sin embargo, a mitad de la paradójica despedida, noté una silueta en el horizonte. Entorné los ojos y descubrí que esa silueta solitaria se había convertido en cuatro. Luego conté cinco, y al final resultaron ser siete.

Siete gigantescas barcas con enormes alas blancas se dirigían hacia nuestra posición a gran velocidad. No aguardé ni un segundo para dar el llamado a las armas: los tambores de guerra retumbaron en el campamento, y rápidamente los guerreros tomaron sus posiciones en sus respectivas canoas de guerra.

Tanto Cuauhpopoca como yo hicimos lo mismo. Nos hicimos a la mar sin dudas ni remordimientos, y ordenamos que los Ehecacaxtli, Atlatl gigantes y lanzadores Tecpatl fueran cargados rápidamente. Cincuenta de nuestras naves salieron al encuentro de los misteriosos navegantes, y aunque no pretendíamos atacarlos sin que ellos lo hicieran primero, sí pretendíamos interrogarlos y obtener todas las respuestas que necesitáramos.

La primera canoa que se acercó a ellos fue la de Ixtlitlatli, el más atrevido de los campeones flecha. Su plan era ponerse enfrente de la nave extranjera principal, pero nunca llegó a esa posición… apenas se enfiló hacia ellos fue atacado por una extraña arma que escupía fuego. Con tan solo un golpe logró hundir la embarcación de nuestro amigo, y una mezcla de temor y rencor comenzó a desbordar nuestros cuerpos.

Cuauhpopoca ordenó el contraataque y todos apuntamos nuestros Atlatl a las naves adversarias. Una lluvia de enormes dardos cayó sobre nuestros adversarios, los cuales sorprendidos por la fuerza de nuestro ataque, se echaron al suelo de sus enormes barcos mostrando una actitud poco menos que cobarde.

Cuauhpopoca gritó eufórico y ordenó un nuevo embate: los operadores de los Ehecacaxtli giraron con fuerza las manivelas de sus armas y una andanada de piedras volaron con dirección a los barcos extranjeros. Más de la mitad dieron en el blanco.

El sonido de madera resquebrajándose se unió al de los gritos de júbilo. Tres enormes barcas enemigas se hicieron pedazos frente a nuestros ojos, y decenas de soldados con extraños petos brillantes manoteaban en el inmenso azul, luchando desesperadamente por conservar sus vidas.

Nuestras canoas de guerra aprovecharon el momento y se aproximaron más a ellos, cercándolos tanto por la derecha como por la izquierda. Llenos de temor, los extraños hombres de yelmos y petos brillosos gritaban cosas ininteligibles y agitaban curiosos cuchillos en el aire intentando infundirnos miedo, cuando lo cierto era que este no planeaba alejarse de su lado.

Entonces dispararon una nueva ráfaga de sus armas que escupían fuego. Hundieron diez de nuestras embarcaciones, pero nuestros guerreros eran grandes nadadores, y los que sobrevivieron al ataque se incorporaron rápidamente a una nueva canoa alistándose para el combate.

Cuauhpopoca alzó el brazo izquierdo y luego lo dejó caer hacia el frente; era la indicación para una lluvia de flechas. Nuestros arqueros respondieron prestos a la orden, y centenas de manchas de obsidiana oscurecieron el sol, viajando con gran puntería y velocidad hasta el centro de los barcos rivales.

Sin esperar a que el Axolopilli diera una nueva indicación, ordené un nuevo toque de tambores y nuestros lanzadores Tecpatl se unieron a la batalla: enormes paquetes de piedra y madera envueltos en llamas hicieron blanco en tres de las embarcaciones oponentes.

Ahora solo dos de los navíos contrincantes se mantenían en pie.

Teníamos la victoria en las manos, nada podía salir mal…

¿Nada?

Justo cuando creíamos que los extranjeros iban a rendirse, algunos de ellos se aproximaron al borde de sus barcos con un extraño madero reposando en sus hombros. La curiosidad nos invadió de nuevo, y en lugar de exterminarlos de una vez, aguardamos un instante para ver de lo que era capaz aquella misteriosa arma.

Una inmensa nube de humo cubrió la zona de batalla. Decenas de nuestros campeones cayeron enseguida sin heridas aparentes. Los soldados enemigos estallaron en júbilo mientras nosotros no conseguíamos superar la sorpresa. Los vimos recargar sus extraños maderos nuevamente. Estaba claro que se estaban alistando para un nuevo ataque, y nosotros, los valerosos mexicas, no podíamos salir del estupor que nos había causado la caída de nuestros aliados.

Cuauhpopoca tomó el control de nuestras fuerzas otra vez y agitó su brazo izquierda para ordenar una nueva andanada de flechas. Todavía confundidos, los arqueros obedecieron sin chistar, aunque sin demasiada convicción.

La lluvia de flechas barrió con los pocos enemigos que quedaban, de tal forma que, envalentonados por el recién conseguido éxito, los capitanes de nuestras naves se sumaron al ataque descargando una nueva ronda de piedras impulsadas por los Ehecacaxtli. Las barcas enemigas se hundieron de inmediato ahogando a todos sus tripulantes en el proceso.

La euforia nos inundó en un suspiro; los gritos de alegría no se hicieron esperar, y nos felicitamos de canoa a canoa, alzando los puños y sonriéndole al sol, seguros de que aquel día nos habíamos convertido en la fuerza naval más poderosa de todo el mundo.

Sin embargo, pronto la pena irrumpió en nuestra celebración, oscureciendo con su rostro amargo al brillante mar azul que hace apenas un instante había sido testigo de nuestra victoria.

Cuauhpopoca se hallaba de espaldas en su barca cubriéndose el abdomen con ambas manos, intentando detener sin éxito una pequeña hemorragia que emanaba de su ombligo. Me aproximé como pude en mi canoa y salté hacia la suya apenas me fue posible.

Le sujeté la cabeza y le sonreí con dificultad. Luego le dije que se pusiera de pie, porque Tenochtitlán aguardaba por nosotros, los héroes del inmenso azul, los campeones de los mares, las leyendas del cielo y el agua…

Sonrió también y luego cerró los ojos. Murió. Así de simple, así sin más, solo murió.

Y grité como nunca había gritado, desgarrando el silencio infinito del mar durante un espacio de tiempo que parecía interminable. Luego entrelacé las manos del que una vez fue mi líder, lo cargué entre mis brazos y lo dejé caer en el mar.

¿Dónde más debía de reposar un monstruo acuático? ¿Es que había otro lugar donde un Axolotl pudiera descansar?

Nadie intentó recuperar su cadáver. Solo lo vimos flotar lejos de nosotros, enfilándose hacia el horizonte, haciéndose uno con el sol, el viento y el mar.

Sin decir más, emprendimos el regreso a nuestro campamento, y cuando estuvimos de vuelta en la playa, un joven campeón flecha se atrevió a acercarse a mí y preguntar:

–¿Quiénes eran ellos? – haciendo referencia a los enemigos que recién habíamos combatido y derrotado.

Miré hacia el horizonte y reflexioné sobre lo que había ocurrido: nos habíamos quedado a tan solo unas horas de volver, si tan solo esos malditos hubieran aparecido por la tarde, Cuauhtlahuac habría sido quien los enfrentara y no nosotros. ¿El resultado hubiera sido el mismo? ¿La victoria también habría estado de nuestro lado? La verdad era que no importaba quienes pudieran ser, lo único realmente importante era que un gran héroe mexica se había encargado de que jamás volvieran. Suspiré, miré al joven soldado, lo tomé del hombro y contesté:

–No lo sé, y quizá nunca lo sabremos…

La noche en que él león conocío al jaguar

México-Tenochtitlan, 30 de Junio de 1520

Regimientos completos de hombres blancos y guerreros texcaltecas huían en desbandada por las calles de Tenochtitlan. Presas del pánico y el miedo, corrían despavoridos en dirección hacia Tlacopan, donde esperaban reagruparse para efectuar la más cobarde de las retiradas.

Mi madre nos permitió observar el intento de escape de los farsantes pálidos desde una de las ventanas de nuestra casa. Ella misma se permitió arrojar algunas piedras durante el caos reinante de aquella cálida noche. Recuerdo que mi hermano y yo reímos cuando uno de esas rocas le pegó en la cabeza a una de sus enormes bestias de largas patas. El hombre que montaba a aquel monstruo cayó estrepitosamente al suelo. Intentó levantarse, pero jamás lo logró.

Uno de nuestros nobles Cuauhpilli descendió sobre él y le atravesó la garganta con su lanza. El hombre blanco ni siquiera pudo dar un último aullido de dolor. Tan pronto como su cuerpo dejó de respirar, numerosos macehualtin le despojaron de su ropa metálica y sus horrendas armas. Las arrojaron a los canales y gritaron de felicidad conforme las observaban hundirse en el agua.

De pronto, una de esas espantosas bestias de cuatro patas irrumpió en la calzada a toda velocidad. Si nadie le daba alcance, pronto tendría el camino libre hacia Tlacopan, donde capturarlo sería prácticamente imposible ya que alcanzado ese punto, podría escapar hacia cualquier parte.

Sin embargo, parar a la bestia no era tarea sencilla; dos campeones flecha le salieron al paso, pero fueron incapaces de frenar la embestida del furioso animal. Además, el hombre que lo montaba era especialmente peligroso y diestro con la espada. Su nombre era Juan Velázquez de León, y aquella noche vestía una tosca ropa plateada con vivos dorados, los cuales intentaban dibujar en su pecho a una especie de ocelotl con melena larga. Avanzaba dando furiosos mandobles a diestra y siniestra mientras la fiera continuaba su furiosa carga.

Le arrojamos algunas rocas, pero no pudimos hacerle nada. Conté a diez nuestros guerreros caídos bajo su espada. Quizá su tonalli era huir con vida de Tenochtitlan y por eso nadie era capaz de plantarle cara. Nos resignamos a verlo escapar…

Sin embargo, la vieja luna Coyolxauhqui aún tenía algunas sorpresas reservadas para aquella noche: de entre las sombras, una ágil figura saltó hacia él, obligándolo con un puñetazo a abandonar su montura. El golpe provocado por su caída fue seco, violento, emotivo… su animal huyó despavorido cuando se vio libre del peso humano. Nadie hizo ningún esfuerzo por alcanzarle.

Mientras tanto, Velázquez de León se levantaba con dificultad del suelo. Hincó la rodilla en tierra y agitó su espada en el aire llamando a un tal "Santiago". Nunca supe quién era ese tipo, y tampoco es algo que me preocupe desconocer. Lo único que me importaba en aquel momento era descubrir al autor de tan espectacular maniobra de ataque sobre el hombre blanco.

Y cuando lo vi, mi corazón dio un vuelco.

Era mi padre, el campeón Ocelopilli Tleyotzin, quién se disponía a hacer frente al temible demonio blanco. El sujeto barbado sonrió al verlo. Quizá creyó que era demasiado joven como para enfrentarlo. Si fue eso, puedo asegurar sin lugar a dudas que estaba equivocado. Mi padre ya había visto llegar la primavera de Xipe Totec 30 veces en su vida, además había participado en más de 20 guerras floridas, donde en una misma campaña capturó a doce esclavos, todos ellos nobles. Fue tal la magnitud de aquella hazaña, que logró elevarlo por fin al rango de Campeón de la orden del Jaguar.

Confiado, el invasor lanzó un golpe de espada con dirección a mi padre. Este se quitó hábilmente e impactó su escudo de plumas en la cara de su enemigo. El golpe fue devastador. Uno de los dientes de aquel farsante blanco cayó al suelo inmediatamente después del ataque.

Sobra decir que esto lo enfureció. Tomó su espada con ambas manos y la agitó números veces frente a mi "tata" intentando darle alcance. Nunca lo consiguió. Sus movimientos eran lentos y pesados. Tleyotzin se movía con la agilidad de un jaguar, brincando de un lado a otro y lanzando esporádicos gritos de guerra cuya principal finalidad era desesperar al soldado rival.

Velázquez de León se desabrochó el peto de metal y lo dejó caer en el suelo de la calzada. Luego hizo lo mismo con su casco. Sonrió y reinició su ataque. Ahora era más veloz, mi padre tuvo que frenar sus embates con su maqahuitl en todas y cada una de las ocasiones.

El hombre blanco era en verdad un luchador formidable. Mi "tata" lo sabía, y por eso dejó de estar a la defensiva en cuanto tuvo oportunidad. En un momento en que el invasor giró sobre su talón y dio una sorpresiva media vuelta para sorprender a mi padre, este giro sobre el suelo y se puso detrás de él, y con toda la fuerza de la que fue capaz, descargó un furioso golpe de maqahuitl sobre la espalda de su adversario.

Lo tumbó al suelo, pero no lo mató. El maldito extranjero nos tenía una sorpresa guardada. Debajo de su camisa roja acolchada, llevaba puesta una curiosa túnica de anillos metálicos que le había servido para salvarle la vida.

Nuevamente se lanzó al ataque. Esta vez siempre con la espada mostrando la punta. Quería a toda costa perforar la piel de su enemigo. Durante la estancia de los invasores habíamos conocido la peligrosidad de sus armas, y sabíamos bien que si su espada alcanzaba a mi padre, la armadura de algodón con manchas de jaguar de nada serviría para protegerle.

Tleyotzin debía de esperar el momento adecuado para ejecutar su ataque definitivo, o simplemente seria uno más de los valerosos mexicas caídos ante el ejército extranjero.

Enfurecido de que mi "tata" solo rehuyera a sus embates, Velázquez de León decidió poner toda su suerte en un último ataque: descargó un furioso golpe circular con su espada en dirección a los pies de mi padre intentando hacerlo tropezar. Tleyotzin evadió el ataque con un saltó y cayó agachado frente al invasor. Eso era justamente lo que su enemigo esperaba, porque inmediatamente después levantó el arma por encima de su cabeza y dejó caer un furioso mandoble sobre la humanidad de mi progenitor.

Creímos que esa era el fin. Cerramos los ojos y le rogamos a Mictlantecuhtli que acogiera en su reino a nuestro valeroso padre.

Abrimos los ojos, ¡Y la sorpresa fue más que grata! El campeón Ocelopilli había detenido el golpe sosteniendo con ambas manos su maqahuitl en posición horizontal. Dado que el metal de la espada extranjera era mucho más pesado que la madera y la obsidiana, la maqahuitl de mi padre se rompió en mil pedazos inmediatamente después del impacto.

Sin embargo, eso pequeño sacrificio le permitió ganar valiosos segundos para inclinar la batalla a su favor. Con un movimiento veloz y preciso, sacó de su cinturón un filoso cuchillo ceremonial de pedernal. Giró sobre su propio eje y clavó la mortal daga sobre la nuca de Velázquez de León.

El invasor cayó al piso de forma inexorable. Había encontrado la muerte a manos de un guerrero que en todo momento de la batalla fue infinitamente superior. Mi madre lloraba lágrimas de alegría. No era para menos, jamás en la vida volveríamos a ser testigos de un combate en el que participara mi "tata".

Descendí las escaleras de la casa y salí al patio para ir corriendo a su encuentro.

Mas como dije antes, la vieja luna Coyolxauhqui aún tenía algunas sorpresas preparadas. Un ruido ensordecedor se apoderó del ambiente por un pequeño instante. Luego un humo delator surgió de detrás de un montón de cestos llenos de cantera.

Había sido un disparo de las "varas de fuego" del ejército invasor. Y el destino había sido mi padre… se mantuvo de pie algunos segundos, pero luego su cuerpo se estremeció y termino estrellándose contra el suelo.

El cobarde tirador extranjero se estaba apresurando a recargar su arma cuando un dardo lanzado por un atlatl le quitó la vida. Un campeón Cuauhpilli había sido el autor de aquel ataque con sabor a venganza. No pude verle el rostro, porque apenas vi abatido al enemigo, emprendió la carrera hacia Popotla en busca de más traidores e invasores.

Mi hermano jura que aquel misterioso campeón fue el Huey Tlatoani Cuauhtlahuac. La verdad es que en aquellos instantes, eso era lo que menos importaba…

Mi "tata", mi ejemplo, mi héroe… había caído injustamente aquella cálida noche. Lo había derribado una miserable bola de metal lanzada por una indigna "vara de fuego". Mi "tata" que merecía una muerte digna en el campo de batalla, había sucumbido ante un deleznable tirador cobarde oculto entre las sombras de unas simples piedras.

Corrí hacia él. Aún lo encontré con vida. El agujero en su pecho emanaba sangre en un flujo triste y constante. Traté de taparlo con mis pequeños dedos, pero pronto el reguero carmín cubrió también mis manos. Fue entonces cuando mi padre las sujetó y me dijo:

–Mi muy amado hijo: alza mi escudo de plumas y llévalo a casa. Que tu madre llore sobre el corazón de fuego dibujado en su cara, y que tus hermanos pequeños lo acaricien hasta que el sueño atiborre sus almas. Mi muy amado hijo, alza mi escudo de plumas y marcha orgulloso. Levanta la cara y sonríele al sol. Déjale saber a todo el Anáhuac, que tu padre, el honorable Tleyotzin, no solo vivirá para siempre en tu espada, sino también en tu alma…

Y entonces su último aliento se extinguió. Murió frente a mis ojos, murió tomando mis manos. Alcé su escudo y cumplí su última orden. Lo llevé a casa y todos lloramos sobre él. Y aquella noche, alegre para algunos y triste para otros, hicimos una última promesa:

Sin importar cuanto tiempo nos tomara, debíamos librar a nuestra tierra del temible hombre blanco.

Amistad Eterna

Ya no puedo más. Nos han perseguido durante casi dos días y mi cuerpo está a punto de flaquear. Me tiemblan las patas, y mi boca hace un rato ya que ni siquiera se puede cerrar. Lo único que puedo hacer es jadear... jadear una y otra vez, buscando con ello hidratarme un poco, aunque lo cierto es que ni siquiera beberme un río entero podría refrescarme el alma...

¿Cómo fue que nos metimos en esto? ¿Cómo es que llegamos aquí? ¿Podremos salir vivos de esta?

Entre jadeo y jadeo, paso algo de saliva. Me sabe raro, como dulzona y espesa a la vez. ¿Será sangre? No, no puedo permitirme pensar en eso ahora, tengo que llegar hasta ese lugar al que el infame Cortés llama "Tlascala", ahí podré tumbarme en el suelo y descansar, una vez que Gonzalo y yo estemos a salvo...

Sangre... sí, es sangre, puedo sentirla entre mis dientes mientras sujeto la camisola de mi amigo. Pero no puedo pensar en ello, ¡no ahora! Tengo que arrastrar a Gonzalo todavía un rato más, los nativos pueden estar cerca, y si nos encuentran esta vez, nos será imposible escapar...

Cada paso es una completa agonía, jamás pensé que esta tierra tan hermosa y llena de vida se fuera a poner en nuestra contra. ¿Quién iba a imaginar siquiera cuando desembarcamos que esta maravillosa "Tierra de Jauja" nos daría la espalda?

Es increíble, pero el calor que hace unos días me reconfortaba, hoy me está quemando las entrañas. Podría jurar que incluso me cuesta trabajo hasta el respirar, y que cada rayo de sol en esta remota tierra de "Anaguac" penetra en mi piel como una flecha puntiaguda y mortífera, cuyo único anhelo es clavarse en mi fatigado corazón.

¿Qué hicimos para merecer esto? ¡Solo éramos exploradores! Solo eso... Gonzalo y yo nunca quisimos ser conquistadores... salimos de Castilla pensando que nos convertiríamos en grandes héroes, descubridores de exóticas tierras y habilidosos comerciantes... ¿en qué momento nos salió todo mal? ¿En qué instante cambiamos la brújula por un arcabuz? ¿Cómo fue que me deshice de mi mullido collar y me armé con este ridículo y sofocante peto con pinchos?

¡¡¿Cómo?!!

Dos días. Casi dos fatídicos días hemos huido de las tropas de "Güitlahua", el hombre que no le teme a nada, el terror de piel morena que nos expulsó de un palacio que Cortés había reclamado como suyo. El hombre que no le perdona la vida a nadie; ni a un comandante, ni a un soldado; ni a un fraile ni a un caballo; ni tampoco a un explorador o a un pobre miserable como yo, un perro que no tiene nada que ver con esta absurda guerra, un can que lo único que desea es alejar a su amigo de las lluvias de flechas, de las nubes de humo, de las batallas que solo le conciernen a los defensores y conquistadores...

Mi olfato está detectando algo: es un aroma peculiar que hasta hace poco desconocía del todo. Son humanos, pero no de esos que vinieron en barco junto conmigo, sino aquellos que desean ver muertos a todos aquellos que remotamente les recuerden a Cortes, a Castilla y a España.

¡Tengo que apresurarme!

Dejo escapar un gruñido para infundirme algo de falsa valentía y sujeto a Gonzalo con todas mis fuerzas. No sé si pueda lograrlo, pero es hora de correr... Mi mandíbula se cierra fuertemente en torno a la camiseta de mi amigo. Lo arrastro como puedo intentando no convertir en harapos su ya maltrecha vestimenta. Trotó un poco hacia atrás, intentando en vano ganar algo de velocidad, no importa que sea una poca, me basta con lo suficiente para que pueda alejarme unos minutos más de los feroces "mejicas"...

Ya escucho sus pasos. ¡Joder, están muy cerca! ¡Debo de apresurarme si en verdad quiero salvar la vida de mi amigo!

Son demasiado rápidos, puedo sentir la fuerza de sus pasos haciendo retumbar al suelo. La hierba cruje tras de mí y sé muy bien que no son mis débiles zancadas, ni tampoco el roce del pasto contra el cuerpo de Gonzalo. No, son ellos, los "mejicas" de "Güitlahua", los hombres a los que no debimos enfurecer nunca...

¡Una flecha! ¡Por los cojones de Cristo! ¡Esa flecha pasó zumbándome el trasero!

"¡Corre, Alfonsillo, corre!" me repito a mí mismo mientras intento huir desesperado. De la nada han surgido diversas andanadas de flechas que no sé ni cómo he logrado esquivar...

"¡Corre, corre!" me digo a cada momento, intentando insuflar en mis venas un aliento de supervivencia que bien sé ya perdí. Sin embargo también sé que no debe rendirme, no puedo abandonar a Gonzalo, no ahora...

¡Carajo! ¡Me han dado!, me han dado otra vez... en esta ocasión ha sido mi pierna izquierda... la cabeza me da vueltas, se me nubla la vista y siento como a cada segundo se me escapa la vida... pero no, ¡no ahora! Gruño por lo bajo y me pongo en guardia; dejo escapar una serie de potentes ladridos y mis perseguidores se detienen.

¡Este es mi momento!

Con lo poco de fuerzas que me quedan, me abalanzo sobre el ingenuo que ha adelantado a su partida de guerra. Él no sabe que ya no me quedan energías siquiera para morderle el brazo, así que presa de la sorpresa, entra en pánico y me recibe anteponiendo su arco...

¡Perfecto! Madera si puedo romper, huesos no.

Con gran parafernalia y falsa fortaleza, destrozo el arma de madera entre mis fauces y pongo mi cara más feroz intentando asustarlo. Por alguna extraña razón, funciona, y el aterrado soldado "mejica" rueda por el suelo para ponerse a distancia de mí. Cuando me siente lejos de él, alza las manos para alertar a sus compañeros. La marcha de los perseguidores se detiene un instante.

Tengo que aprovechar el momento de confusión, es mi única oportunidad si deseo sobrevivir y salvar a mi mejor amigo de una muerte horrenda y violenta. Rápidamente me doy la vuelta y cómo puedo arranco la flecha que se halla incrustada en mi costado. Corro entre la maleza y me reencuentro con Gonzalo. Le lamo la cara un par de veces y entreabre los ojos.

Creo que no está consciente de lo que pasa. Simplemente no es capaz de percibir el peligro en el que nos encontramos. No lo culpo, escapar de la capital "mejica" casi le cuesta la vida... aún recuerdo con horror aquella funesta estampa, donde uno de esos soldados con piel de águila casi le arranca la mano de un "espadazo"... esa fue la primera vez que ataqué a un hombre: me armé de valor y le clavé los dientes en el brazo izquierdo, obligándolo a soltar su gigantesca y curiosa "espada". Recuerdo bien que me miró con furia, y que luego descargó un potente golpe seco con su escudo sobre mi frágil lomo...

Creo que ese golpe es el que me ha mantenido escupiendo sangre desde entonces hasta ahorita.

No sé ni cómo salimos de ahí, después de ese impacto solo puedo rememorar fragmentos sueltos de la batalla: dentelladas mías por aquí y por allá, flechas con puntas negras clavándose en mi armadura de cuero y luego en mi piel, y finalmente chorros de sangre escurriendo por el rostro y brazos de Gonzalo; ese niño que me rescató del oscuro callejón en el que vivía, mi único y mejor amigo…

Una nueva flecha me pasa zumbando la oreja. ¡Joder! ¿Es que esos "mejicas" no se darán por vencidos nunca?

Sujeto la camisa de mi valedor una vez más y reemprendo la marcha. Ya no puedo caminar tan aprisa, mi pierna izquierda se niega a responderme. La muerte anda cerca puedo sentirla, ¡hasta puedo olerla!

¡Pero no me daré por vencido, no hasta llegar a "Tlascala"!

Hemos llegado a un bosque. Me interno en él y busco perderme entre los árboles. Me parece que he dejado de oír las pisadas de los "mejicas", o es eso o es que me he quedado sordo… como sea, ya no puedo más, se me cierran los ojos y ya no puedo apretar los dientes. Creo que hasta aquí he llegado…

"Alfonsillo, ¿sos vos?" dice Gonzalo sin mirarme mientras me acaricia el lomo manchado de sangre. Le doy algunos lengüetazos en la mano y él sonríe, ajeno a todo el peligro que nos rodea. Me acurruco en su hombro y por primera vez en dos días me permito cerrar los ojos…

Entonces vienen a mí las soleadas tardes en Castilla, donde Gonzalo y yo jugábamos con una pelota de cuero a largo de los secos pastizales. Corríamos hasta agotarnos, y luego nos arrastrábamos por el suelo hasta llegar al pozo, donde bebíamos agua directamente de un cubo hasta saciar nuestra sed.

Exploramos los alrededores hasta conocer toda Castilla, y robamos nueces de todos y cada uno de los árboles; no hubo rincón en nuestra amada tierra que ni visitáramos, y tampoco existió secreto alguno que no termináramos por revelar… éramos exploradores, nunca quisimos ser soldados…

El sueño me está venciendo, me pesan los parpados y ya solo puedo pensar en tumbarme y descansar. "Alfonsillo" susurra Gonzalo, y yo me dejo querer, justo como en los viejos tiempos, justo como cuando no conocíamos a Cortés...

Hay algo en el aire, un olor que me parece familiar, pero no sé qué es... ¿será un humano? ¿Alguien que vino desde allende el mar junto con nosotros? ¿O tal vez...?

"¡Ayya!" grita alguien desde un árbol cercano. No puede ser, ¡NO PUEDE SER!

Son ellos, otra vez... Gonzalo intenta incorporarse, pero ni siquiera logra sentarse. La suerte está echada, si no hago algo, nuestra vida terminará hoy...

Las patas me tiemblan, y la sangre escurre de mi hocico. Me cuesta mucho trabajo cerrar la boca para gruñir, y de ladrar, bueno, mejor ni hablamos... pero consigo ponerme en pie y arquear la espalda: y ahí estoy, valiente, gallardo, amenazante...

Si tengo que enfrentar a ese "mejica" lo haré, y aunque vaya contra mis principios, esta vez será hasta la muerte. Nuevos pasos se escuchan en los alrededores; de entre los árboles y los matorrales salen nuevos soldados nativos. Los miro de reojo sin perder de vista al primero de ellos: son doce. Es un hecho que no podré contra tantos enemigos. Lo último que me queda es tener una muerte honorable, una donde me lleve a varios "mejicas" por delante.

Lo malo es que ellos piensan lo mismo: tensan sus arcos y se aferran con determinación a sus espadas con puntas negras. Me apuntan con sus lanzas y señalan mi cabeza, dando a entender que me arrancaran la testa y la pondrán en la punta de una de sus horrendas picas de madera.

Gruño furioso y con el poco aliento que me queda en el cuerpo ladro un par de veces. Pero ahora nadie se hace para atrás. Quizá ellos ya conocen nuestro viejo dicho, ese que dice que "el perro que ladra, jamás muerde"...

¿De verdad aquí se acaba todo?

Las puntas de piedra negra que adornan sus armas centellean bajo el brillante sol, iluminando mi rostro con su luz mortecina, advirtiéndome que el final de esta historia (la mía, no la de ellos) por fin ha llegado.

Uno de los soldados "mejicas" se saca un cuchillo del cinto y camina hacia el agonizante Gonzalo. Tan pronto como lo siento cerca me voy sobre él y le arranco el cuchillo de piedra con una mordida. Dado que no trae consigo otra arma, da varios pasos hacia atrás hasta quedar nuevamente fuera de mi alcance.

Tras algunas risas, un nuevo contrincante surge de entre las filas enemigas: es un arquero que no parece tener paciencia, y rápidamente le tira una flecha a mi moribundo amigo. Pero la furiosa saeta jamás llega a su destino... ¡porque brinco frente a mi amigo y me interpongo en su camino!

Mi sangre vuelve a brotar, y esta vez ya no creo poder levantarme. Solo puedo ver con terror como mis enemigos se acercan lentamente hacia nosotros, con los cuchillos de piedra en una mano y las afiladas lanzas en la otra...

Gruño otra vez, y consigo ponerme en pie una vez más. Los "mejicas" se detienen otra vez. La confusión invade sus rostros, no entienden lo que está pasando, y jamás entenderán...

Ellos no saben que yo soy un perro callejero corriente, una mezcla de innumerables razas, un mestizo que Gonzalo recogió y alimentó cuando lo más fácil era dejarlo morir de hambre y frio... ellos no entienden que Gonzalo no es mi amo y nunca lo fue; ellos no son capaces de comprender que él y yo somos colegas, camaradas, amigos... los mejores amigos...

De pronto, los soldados comienzan a hacerse a un lado. No atino a descifrar porqué, pero dejan un pasillo entre ellos, como si alguien importante fuera a cruzar por el lugar. Un pequeño tocado de plumas captura toda la luz del claro, y debajo de él se deja ver un rostro sereno y apacible, de facciones jóvenes, pero firmes y valerosas. Quizá es "Güitlahua". No, él no es tan joven. En definitiva se trata de alguien más, tal vez es el joven "Guatemoz", ese del que tanto hablaba "Montezuma"...

Por un segundo nuestras miradas se encuentran: no percibo malicia en sus ojos, tampoco ánimos de venganza, ni mucho menos rencor. Si me preguntaran, incluso diría que en el fondo de esos oscuros ojos cafés hay una pizca de admiración y respeto...

Lo sé porque Gonzalo me miraba así, y por eso es que yo lo amaba...

Se está acercando a mí, y aunque no sé por qué, lo dejo hacer. Cuando me tiene enfrente, me acaricia la frente y la barbilla. Luego levanta la mano izquierda, y tras ese sencillo movimiento los soldados dejan caer al suelo sus armas. ¿Será posible? ¿Será que va a perdonarnos la vida?

Su mano derecha me toca el lomo, y luego lentamente se posa frente a mi rostro. Está roja, completamente roja. Cierro los ojos y asiento tímidamente. "Guatemoz" tiene razón, mi muerte ha de llegar pronto, muy pronto.

Me alejó de él y me recuesto con los ojos cerrados sobre el pecho de Gonzalo. Es hora de descansar. "Guatemoz" se acerca a nosotros y dobla las rodillas para hincarse a nuestro lado. Luego extrae un cuchillo de su cinto, lo pone sobre sus palmas y me lo muestra con la tristeza embargando sus ojos.

No me muevo. Que pase lo que tenga que pasar.

Siento un pequeño piquete en la garganta, y luego todo se ilumina frente a mí. Arboles de oro se alzan frente a mis ojos, y un camino de ladrillos plateados surge bajo mis pies, urgiéndome a caminar, aunque no tengo idea de lo que pueda encontrar adelante. Camino con recelo, hasta que en el horizonte se deja ver una silueta familiar. Es un muchacho delgado y desgarbado, de barba incipiente y largos cabellos alborotados por el viento. Corro hacía el, le lamo la cara y luego lo tiro sobre el pasto de color miel.

¡Es Gonzalo! ¡Me estaba esperando! No sé dónde estoy, pero eso es lo que menos importa. Lo único que interesa es que estamos juntos, y que esta vez nuestra amistad sí durará para siempre.

Para siempre…

***

Bajo la tibia luz del atardecer, Cuauhtémoc limpia su cuchillo de pedernal con algunas plumas de su escudo. Cuando la sangre es completamente retirada del arma, los coloridos adornos son colocados debajo del collar de un extraño perro color café que parece estar durmiendo. Luego, sin hacer grandes aspavientos, les ordena a sus soldados que caven un agujero muy grande, lo suficiente para enterrar en él a un humano y a su compañero.

Cuando la cavidad es lo bastante profunda, el mismo gobernador de Tlatelolco deposita en él al delgadísimo joven "caxtiltecatl" y a su valiente itzcuintli.

Luego sus soldados rellenan el hueco con tierra y ponen una piedra sobre el pequeño y recién formado montículo.

Cuauhtémoc suspira y mira al cielo. No sabe que vaya a pasar en esta guerra, pero si sabe que el honor y la lealtad siempre deben de ser admirados y valorados. Es por eso que no ha permitido que las cabezas del joven barbado y su animal acaban en puntiagudas picas adornando la Casa de las Águilas.

Lucharon con valor, el perro sobretodo, y eso no debe de ser olvidado. Sin decir palabra, extiende su brazo derecho. Un pequeño atado de piel es puesto sobre su palma. El joven tenochca lo abre lentamente y extrae de él un pincel y algunas pinturas. Se inclina sobre la piedra y dibuja dos glifos sencillos: a Tonatiuh con pelo en el rostro y a un itzcuintli marrón con las fauces abiertas.

Su tropa se le acerca lentamente, y bajan la cabeza mirando al suelo. Es su forma de mostrar respeto. Cuauhtémoc sonríe y toca los hombros de un par de ellos. Luego, sin dejar de mirar al sol que se oculta entre las montañas, dice:

"Aquí yacen

una estrella que quiso ser sol,
y un perro
que siempre lo protegió.
Aquí descansan
dos corazones
con un solo latido.
Aquí, bajo esta tierra,
se encuentra la única
y verdadera,
amistad eterna."

El corazón de la montaña

A veces me come el olvido. Pasan días sin que me percate de la salida de la luna o la puesta del sol. Frecuentemente me sorprendo mirando con desgano al horizonte, como deseando la muerte, aún a sabiendas de que esa no es opción para un dios.

Lloro lágrimas de sal y dejo escapar furiosos rugidos con la esperanza de que alguien vuelva a escucharme. Pero nada pasa. Ya nadie presta sus oídos al dios jaguar, al señor del corazón de la montaña, al alguna vez todopoderoso Tepeyollotl.

Suspiro y observo con apatía el exterior de mi cueva. Ante mis ojos nada ha cambiado. La selva permanece abundante, los insectos continúan su vuelo incesante e intrascendente, el quetzal no deja de cantar y los tapires no paran de andar.

Sin embargo, ya nadie viene a visitarme.

Ya ningún corredor atraviesa las laderas de la montaña con una canasta a cuestas. Ya no hay mensajeros ansiosos con rollos de palabras pintadas en viejos bolsos de arpillera. Tampoco se dejan ver los niños traviesos correteando entre los árboles. Todos se han ido. Todos han abandonado ya al viejo

Tepeyollotl…

Bostezo triste mientras el eterno sol alcanza su punto más alto. Hago un esfuerzo divino para ponerme en pie, pero mis garras se niegan a responderme. Aprieto los ojos buscando fuerza en mi interior y me la dan mis viejos recuerdos, aquellos en los que mi voz repetía lo que decían, cantaban o gritaban los habitantes del Anáhuac.

Me levanto al fin con renovadas esperanzas. Pensar en lo que fue (y tal vez ya no será) me inyecta un poco de ánimo. Mis zarpas afiladas se clavan en la tierra y un pequeño temblor sacude la selva. Sonrío y me deleito al ver aquel despliegue de mi propia fuerza. Había olvidado que soy un dios de los terremotos.

No me sorprende haberlo omitido, porque incluso hay veces en que olvido que todavía existo.

Miro alrededor buscando alguna queja por el pequeño temblor. Nada. Sigo estando solo.

Paso un poco de saliva y camino melancólico hacia la pequeña laguna en la que acostumbro beber. Observo mi reflejo y me cuesta trabajo creer que sigo ahí. El penacho de plumas permanece en su sitio, adornando una cabeza felina que hoy ya me cuesta reconocer como mía. La piel moteada reflejada en la superficie del agua me recuerda que soy un jaguar, y que es en la noche, y no en el día, donde yo debería de sentirme más cómodo, más feliz, más libre…

Me retiro dando pequeños pasos hacia atrás, esperando que mi innecesaria precaución llame la atención de alguien oculto entre los tupidos matorrales tropicales.

Pero no hay nadie. ¡NADIE!

Sin nada más que hacer o desear, busco el cobijo de las siempre leales sombras. Cierro los ojos y duermo una siesta para olvidar mi penosa existencia.

Despierto a mitad de la noche. Algunos pequeños estruendos retumban en mis orejas. Levanto el rostro para que aquellos miserables sonidos se posen en mis oídos. Son una especie de golpes secos, como piedras chocando con piedras.

Trepo en el árbol más alto de la selva para observar lo que está ocurriendo. Solo veo lejanas columnas de humo allá donde se encuentran las aldeas humanas. Algunos gritos ahogados escapan por el viento y hacen eco en mis tímpanos.

Luego todo es silencio.

Me he quedado solo otra vez.

Bajo la mirada con la tristeza desbordando mis ojos. Así que esto se siente el ser abandonado. Siempre pensé que eran los dioses quienes abandonaban a los humanos, nunca concebí siquiera que pudiera ser al revés.

Rujo con todas mis fuerzas, y mi propia voz es quien devuelve el feroz sonido. Soy el eco de mi propio grito. La sombra de mi propio ser. El recuerdo agonizante de lo que una vez fue.

Bajo del árbol y me oculto nuevamente en la cueva. Encojo las piernas y me recuesto en el frio suelo. Con una roca puntiaguda bajo mi nuca, miro al horizonte preguntándome mil cosas sin responder ni una sola.

Una lágrima se escapa de mi ojo derecho.

Estoy solo. Los humanos me han olvidado, por alguna razón ya no quieren saber nada de Tepeyollotl. Tal vez el viento reclamó mil sacrificios y nadie sobrevivió. O quizá el quinto sol se desmoronó y se llevó a todos con él.

Quizás, tal vez, no lo sé…

Ojalá que el mundo esté acabado sin que de ello me haya percatado. Ojala que el Anáhuac entero haya estallado mientras dormía. Ojala que todos se hayan ido sin despedirse.

Pero ojalá que nadie me haya olvidado...

Más lágrimas inundan mis ojos, pero no les permito salir. Los dioses no deben llorar, los dioses no deben sentir. Cierro los ojos y dejo que el sueño me venza, quizá mañana, al despertar, el sexto sol me bañe con sus rayos, y mis débiles y amados humanos vuelvan a revolotear en mi selva igual que mariposas alrededor de la flor...

Quizá mañana ya todo haya pasado. Si, quizá mañana el viejo latido del corazón de la montaña vuelva a ser escuchado...

Los voladores

Cientos de ojos curiosos nos observan. Algunos entienden lo que hacemos, otros ni siquiera alcanzan a comprender el porqué de nuestro "baile".

Solo murmuran y sueltan risitas tímidas casi inaudibles, como si eso les otorgara cierto aire de superioridad sobre los demás.

Especialmente sobre nosotros…

Quizá nunca entenderán, es por eso en especial que no puedo permitir que sus burlas me afecten.

Cierro los ojos y me concentro en lo que de verdad importa. Tomo el hacha ceremonial entre mis manos y comienzo a danzar alrededor del poste. Mis compañeros me siguen, y la multitud expectante se sume en el más absoluto silencio.

Con movimientos decididos doy rienda suelta al sonido de mi tambor. Luego dejo que la flauta lo acompañe. Escucho a lo lejos algunos susurros de asombro. También algunas palabras huecas que menosprecian nuestro arte con frases hirientes: *"¿Eso es todo?"* *"¡Pues no lo veo tan impresionante!"*

Inhalo lentamente y sigo danzando.

El eco de mi música comienza a transportarme a otro plano. Viajo a un mundo donde no soy el *"indito del tambor"*. En este universo soy un artista consagrado admirado por su pueblo. Aquí el sol me pega de lleno en el rostro sin que me obligue a cerrar los ojos. Aquí las nubes me acarician mientras me susurran palabras de aliento al oído...

Abro los ojos. Algunos impacientes se marchan del lugar. *"No venimos a ver bailar a cinco indígenas sin ritmo"* les oigo decir.

Que se vayan. Solo los privilegiados serán testigos del momento en que los hombres se hacen uno con el Cielo.

Ha llegado el momento de iniciar el ascenso. Primero subo yo, el Caporal. Cada escalón de soga me aleja de los humanos ingratos y me acerca más a los dioses benévolos. Sonrío. Me muero por dejar el suelo. Ahí abajo no soy nadie, solo soy un indio más que hace de todo para ganarse una mugrosa moneda. Allá soy solo una molestia, pero aquí, en el Palo Volador, me convierto en parte del mismo Cielo y me transformo en leyenda...

Al fin llegó hasta mi improvisado observatorio. Vuelvo a tocar el tambor y la flauta. Miro hacia abajo. El número de curiosos ha aumentado. Incluso los necios desesperados que se fueron hace unos momentos han vuelto.

Está bien, nosotros no discriminamos. Si así lo desean pueden ser parte de esta danza cósmica que nos hace uno con el universo.

Uno a uno mis compañeros se dejan caer al vacío. Giran imparables ante el asombro creciente de un público incrédulo e insatisfecho.

La música no cesa. El canto de mis instrumentos debe durar cincuenta y dos vueltas. Es imperativo completar el sagrado ciclo de la vida. Las vueltas se suceden una tras otra acercándose inevitablemente al triste final.

No quiero que ese momento llegue. No deseo bajar. Aquí soy el centro de un momento mágico, el punto medio entre el norte, el sur, el este y el oeste… la unión entre la magia divina y la inconsistencia mortal, el puente entre dos mundos de distinta forma y contrastante color…

Aquí puedo ser yo, pero allá abajo solo soy el que los demás desean ver…

Mis compañeros ya han puesto los pies sobre la tierra. Corren alegres alrededor del poste, como si la vida fuera un juego que estamos en posibilidades de ganar.

Suspiro y desciendo lentamente. El ciclo de la vida se ha cumplido nuevamente, y tras cincuenta y dos incontenibles giros la realidad me golpea otra vez.

Agacho la cabeza y me quito el sombrero de plumas. Coloco su interior de cara al sol e inicio el pesado peregrinar hacia la multitud.

Una moneda, dos, tres o cuatro. Qué más da. Ni todas las riquezas del mundo se comparan con la sensación de estar allá arriba y sentir que eres capaz de todo, incluso de llevar a cabo la más grande hazaña en este mundo:

Volar…

El duende de las hamacas

– ¡Bájate! – murmuraba con gran insistencia aquel enano semitransparente que se hallaba parado a mi izquierda.

Eran las tres de la mañana y aquel diminuto ente no me había dejado dormir ni un miserable segundo. Quizá yo tenía la culpa, porque desde el principio no le había dado la atención que se merecía, aunque como inicialmente creí que se trataba de un sueño, opté por simplemente no hacerle caso.

Error. El enano ya llevaba demasiado tiempo en mi habitación, el entorno no había cambiado en absoluto y ni por asomo me sentía más descansado, así que no, no se trataba de un sueño.

Mi extraño visitante seguía hablando sin parar desde el lado izquierdo de la hamaca, así que no había opción, tendría que hablar con él… sin embargo, creo que antes es prudente contarles algo de mi historia.

Hoy se cumplen cuatro días de que vivo solo. Decidí mudarme de la casa de mis papás y comenzar una "nueva vida". Y como en toda vida que recién empieza, me hacían falta muchas cosas, entre ellas el siempre necesario dinero. Así que, a consecuencia de la falta del mismo, mi casa tenía muy pocos muebles; un mini refrigerador, una estufa de dos parrillas, una televisión y una consola de videojuegos.

Sí, era todo, no me había alcanzado para más. Era claro que aún me faltaban muchas cosas, y un claro ejemplo era la cama. Decidí omitir su compra para poder adquirir mi aparato de videojuegos, después de todo, tenía un sustituto ideal para ella: la hamaca.

Las hamacas eran geniales, se podía descansar plácidamente en ellas y era prácticamente imposible amanecer adolorido después de haber dormido en ellas.

Habían sido tantas las veces que había dormido en una hamaca que me pareció sencillamente la mejor de las ideas. Solo que había un detalle en el que no reparé jamás: siempre había dormido en ellas durante el día…

Así que, con todo el "mobiliario" completo, me instalé en mi nuevo hogar. Era domingo, así que como no había nada que hacer, dediqué el día a jugar videojuegos. Y como el juego en cuestión resultó ser muy emocionante, también ocupé la noche para jugarlo.

No dormí nada, y para mi mala suerte el siguiente día si era laboral. El temido lunes me tomó desprevenido, y como fui incapaz de descansar la noche anterior, terminé por quedarme dormido en mi escritorio.

Mala idea. Mi jefe me descubrió y tuve que trabajar arduamente toda la noche en el proyecto que se suponía debía ocuparme durante el día.

Llegó el martes y creí que al fin podría estrenar mi hamaca, pero me equivoqué. Mi mama me invitó a cenar y el tiempo se fue volando de tal forma que acabé dormido en su sillón.

El miércoles hubo demasiado trabajo, mi cuerpo terminó el día literalmente "molido", y lo único que pensaba en aquellos momentos era en descansar. Esta vez nadie podría detener mi plan de estrenar mi hamaca. Aventé la corbata y la camisa al suelo, y suavemente me recosté en mi "cama". Suspiré largamente y me entregué a lo que pensé sería una descanso largo y placentero. Error…

–Bájate – dijo una voz chillona.

Y ahí empezó todo. ¡Alguien quería que me bajara de mi hamaca! ¡La hamaca que yo había comprado! Era evidente que no iba a hacerlo, estaba muy cansado y por nada del mundo abandonaría mi suave y oscilante "cama". Además, seguramente esa voz era parte de mi imaginación. No le presté atención y cerré los ojos disponiéndome a dormir. Lamentablemente la molesta vocecita volvió a hacer su aparición:

–Bájate, ¡bájate!

Uffff, esto era demasiado fastidioso como para venir de mí mismo. Me agarré del tejido de mi improvisada cama y giré mi cuerpo a la derecha. Abrí los ojos instintivamente y fue entonces cuando lo vi: un enano medio borroso me miraba fijamente, y cuando nuestras miradas se encontraron volvió a decir:

–Bájate…

En otras circunstancias me habría asustado mucho, pero la verdad es que aquel día estaba demasiado cansado incluso para eso. Mi mente agotada decidió considerarlo un sueño, así que elegí no hacerle caso durante algunas horas (cuatro exactamente). Sin embargo, el pequeño ente borroso seguía ahí, pidiendo con gran insistencia que abandonara mi hamaca.

Pensé que quizá después de todo no era un sueño, así que decidí "platicar" con él (o al menos, intentarlo).

–¿Qué quieres? – pregunté bostezando.

–Que te bajes de la hamaca – contestó mi extraño interlocutor.

–¡Pues no lo haré! Es mi hamaca, cómprate la tuya si quieres – le advertí.

– ¡NO! ¡Esa es mía! El Chaneque dijo "Pablito, esa es la que te toca, úsala por las noches, porque en el día no es tuya" – puntualizó el enano.

–¿Chaneque? – pregunté confundido –. ¿Qué es un "Chaneque"? ¿Y por qué te dijo que durmieras en mi hamaca? Esta es mía. Tanto en el día como en la noche.

–¡NO! – gritó furioso el enano –. A mí me toca usarla ahorita. ¡A los vivos les toca en el día!

Fue ahí cuando ya desperté completamente. ¿A los vivos? ¿Cómo qué a los vivos? ¿Esa cosa estaba muerta? Me incorporé hasta quedar sentado, meneé la cabeza y observé al pequeño ente borroso con mucha atención. No era un enano, ¡Era un niño! ¡Y uno muerto! El chiquillo flotaba unos centímetros por encima del suelo y además se podía ver claramente a través de él. Esto simplemente no podía estar pasando.

–¿Estás… muerto? – pregunté tartamudeando un poco.

–Pues sí… es lo que intentaba decirte, que ahorita la hamaca me toca a mí, porque soy fantasma – respondió como si fuera lo más natural del mundo.

–Ah… que extraño es todo esto – dije solamente por no quedarme callado –. Suena lógico – agregué después de forma estúpida.

–Es lo que yo te decía… regularmente cuando los vivos no se quitan de la hamaca, ¡los tiramos a empujones! – dijo haciendo el ademan de empujar algo.

–¿Y por qué no hiciste eso conmigo? – pregunté.

–¡Uyyyyy nooo! Traes muchas marcas de la Señora de los caídos, si te hago eso me matan, esta vez para siempre…

¿La señora de los caídos? Esto ya se estaba poniendo muy raro. Cuando iba a preguntarle a qué se refería con eso, el niño se acercó un par de pasos hacía mí e hizo algunas señas: primero se tocó el pantalón, supuse que hablaba de mi hebilla de calavera. Luego se sobó la mano, así que concluí que hacía referencia a mi anillo. Por último se agarró el cuello, y descubrí que hablaba de mi dije de la Santa Muerte. Comprendí su temor y lo invité a acercarse. Flotó lentamente y se sentó a mi lado en la hamaca. No pude evitar sentir escalofríos, pero hice mi mejor intento por ocultarlos. Respiré muy hondo y le pregunté:

– ¿Cómo te moriste?

–Uyyyyy… –dijo como si le costara trabajo recordar.

–Debes de recordar algo – dije para presionarlo un poco.

–No sé bien. Yo estaba dormidito en mi cama. Lo último que recuerdo es que mi mamá me dio un beso en la frente y cerró mi cuarto con llave. Luego todo se llenó de humo y ya… no supe más. Cuando desperté estaba en la guarida del Chaneque.

–Oye, háblame del Chaneque – le pedí mientras lo acostaba en la hamaca.

–Hooooy nooooo – respondió bostezando –. Tengo muchooo sueñooo… mañana te cuento - y se quedó dormido.

Me quedé lo que restaba de la noche parado frente a la hamaca. Ahí estaba yo, observando atentamente como un niño fantasma dormía sobre lo único parecido a una cama que había en mi casa. Cuando dieron las seis de la mañana, Pablito se comenzó a desvanecer. El fantasma se había ido. Yo también debía irme, pero a trabajar... y otra vez sin haber descansado nada.

Afortunadamente aquel jueves no fue tan cansado, el trabajo escaseó y mi cuerpo estaba "rebosante" de energía gracias a las enormes cantidades ingeridas de café. Sobra decir que además sentía una enorme curiosidad por saber si el fenómeno de la noche anterior volvería a repetirse.

¿En verdad vería al niño fantasma otra vez? Solo restaba esperar.

Aquella noche de jueves me acosté en la hamaca a leer un libro. Intenté concentrarme en la lectura, pero simplemente no fui capaz de ello. Dieron las once de la noche y comencé a sentir sueño... ¡Pero no podía quedarme dormido! ¡Me perdería al fantasma! ¿O no? Porque aunque me venciera el sueño, Pablito se encargaría de despertarme para que a su vez lo dejara dormir a él... al final cerré los ojos. Creí haber dormido un poco, pero solo fue una ilusión, porque tal como lo había predicho, mi extraño amigo hizo su aparición.

–Oye, ya llegué, hazme espacio en la hamaca – dijo mi nocturno visitante.

–Claro, siéntate – comenté mientras le hacía lugar en mi "cama".

–Oye, ¿Quieres que te cuente del Chaneque? – preguntó.

–Sí, claro, dime todo lo que sepas – le respondí ansioso.

–Bueno, pues es el rey de los que "Flotan por la noche". Dice que él solía vivir donde hay unas pirámides grandotas en el lugar donde yo crecí.

– ¿En Yucatán? ¿O más al sur? – interrumpí.

–Pues no sé bien – contestó Pablito, que parecía no ser muy hábil en geografía – pues donde yo vivía se llama Mérida.

–Entonces si es Yucatán – agregué.

–Yo creo que sí… pero bueno, lo importante es que él es nuestro rey y guardián. La Señora de los caídos le encargó que cuidara de nosotros, y también que nos diera un lugar para descansar. Fue así como él descubrió que los vivos casi no usan sus hamacas por las noches. Por eso a cada uno de los que "flotan por las noches" nos dio una hamaca para que podamos dormir. Yo llegué hace poquito, así que me tocó la tuya – finalizó Pablito tomando un poco de aire.

–No entiendo muy bien, ¿Por qué se toma atribuciones que no le corresponden? Es mi hamaca, no suya. ¿Qué tal que no te dejó dormir en mi hamaca? Cómo tú dijiste, no me podías quitar. ¿Qué hubiera pasado entonces? – lo cuestioné.

–¡Uyyyyyy, ni lo digas! Yo no te hubiera podido quitar, ninguno de los que "flotan por las noches" te habría podido quitar, ¡pero el chaneque sí! te dejaría en tu hamaca, ¡pero bien muerto! Y entonces serías uno de nosotros…

–Quisiera ver al Chaneque, ¿puedes llevarme, Pablito? – le pregunté.

–Pues… yo creo que sí… pero tienes que esperar a la mañanita, que yo ya haya descansado – contestó mi amiguito con un gran sonrisa.

–Bueno, pues me espero – finalicé algo decepcionado por el hecho de no satisfacer mi curiosidad de inmediato.

Pablito se recostó en la hamaca, me dio las buenas noches y se durmió profundamente.

Mientras tanto, yo otra vez estaba de pie frente a lo único ligeramente útil para descansar en mi casa. Pasaron las horas y el cansancio me estaba venciendo: los párpados me pesaban, las rodillas se me doblaban y mis brazos parecían jalarme con una extraña fuerza hacía el suelo. Pero aguanté lo más que pude. Tenía que estar listo para cuando Pablito me dijera que podíamos irnos.

Dieron las seis en punto del viernes y se despertó. Me sonrió muy contento y dijo:

–¡Vámonos!

Le di la mano y no supe que pasó. Todo se oscureció e iluminó al mismo tiempo, sentía que caía y flotaba a la vez, todo era demasiado confuso, como si el tiempo mismo hubiera dejado de existir.

Mis ojos se abrieron y todo resplandeció alrededor. Me encontraba en un lugar por demás extraño, donde todo parecía estar hecho de agua pura y cristalina, aunque a su vez esta se presentaba tan sólida e imperecedero como la misma piedra. Inmensas columnas labradas enmarcaban un camino traslucido y brillante donde incluso podía ver mi propio reflejo. Había símbolos mayas por doquier, como si se tratara de un conjunto de ruinas magníficamente bien conservadas.

–¿Es muy bonito, verdad? – preguntó Pablito mientras me jalaba de la mano para obligarme a caminar más rápido.

Al parecer nuestro destino se hallaba al final del camino, y aunque me molestaba avanzar rápido y perderme de la impresionante vista, accedí a seguirle el paso al pequeño. Cuando al fin llegamos al lugar, Pablito respiró muy hondo y dijo:

–Este es… el palacio del Chaneque. Ahí nos recibe durante el día y nos dice donde está la hamaca que nos toca.

Cruzamos el umbral con pasos muy lentos y pausados, igual que cuando entras a una iglesia, como si con un simple ruidito fueras a dañar el misticismo del lugar. Al contrario de Pablito que avanzaba mirando al frente, yo observaba todas las paredes con gran atención. Estas contenían extrañas escenas grabadas en curiosos relieves, en todas ellas se podía ver a gente a durmiendo… que curioso…

Antes de llegar al final de aquel gran salón, Pablito se frenó en seco y dijo:

–Esa es mi pared.

Luego sin más, siguió avanzando. Observé "su pared" con mucha atención y tras algunos segundos pude verlo: estaba recostado en su cama, cubierto hasta la cabeza con una cobija. Tenía una expresión apacible y tranquila, aunque había algo muy raro en el marco de aquella escena: parecían ser humo y fuego rodeando la cama de mi pequeño amigo.

¿Qué podría significar eso?

No lo comprendí y tampoco quise preguntar, así que seguí a Pablito hasta el fondo del recinto. Ahí, alzándose sobre el suelo gracias a un pedestal con escaleras, se hallaba un escritorio dorado con hermosos grabados de animales. Y tras él, un horrible enano cubierto de pelo blanco y ojos azules me miraba con desconfianza y recelo. Entorné la mirada para apreciarlo con mayor claridad. El curioso ente lucía un pelaje extrañamente parecido al de un perro descuidado y usaba una corona con largas orejeras, brazaletes y muñequeras labradas, un enorme medallón con el dibujo de una luna que le cubría casi todo el pecho, un cinturón algo ridículo que hacía las veces de "taparrabo", y para rematar, unas pequeñísimas espinilleras.

¿Sería aquella criatura la mascota del chaneque? Caminé hacía el con gran curiosidad y le pregunté:

–Disculpa "cosa", ¿podrías decirme dónde está el

Chaneque?

–¡Yo soy el Chaneque! – gritó el enano peludo dando un golpe en la mesa.

–No, imposible que seas tú – contesté negando con la cabeza.

– ¡Lo soy! – exclamó con cierta desesperación.

–Lo dudo mucho, eres bastante feo – agregué.

–¡Claro que lo soy! ¡Chaneque es mi nombre, soy un duende!, ¡Señor indiscutible de este lugar!

–No sé… efectivamente pareces un duende, pero de ahí a ser el Chaneque… tengo mis dudas – declaré mientras torcía la boca para expresar de forma convincente mis dudas.

–¡Pues no me creas si quieres! ¡Que otro responda tus inútiles dudas! – advirtió furioso el enano peludo.

–Está bien, te creo… entonces, ¡tú eres quién me quitó mi hamaca! – grité.

El Chaneque hizo un gesto de susto y dio un saltito hacia atrás, luego inclinó su cabeza con dirección hacia mí y dijo:

–La hamaca no te pertenece por las noches, tú estás VIVO. Ni siquiera el traer sobre ti las marcas de la Señora de los caídos puede otorgarte ese derecho. Es bien sabido que las camas suspendidas en el aire son únicamente para los MUERTOS "que flotan por las noches".

Y aunque lo miré con atención, no logré entenderle absolutamente nada. Me parece que lo notó de inmediato, porque enseguida me lanzó una mirada llena de compasión que me hizo sentir poco menos que un niño ignorante. Dejó escapar un suspiro y cerró sus ojos inclinando la cabeza hacia abajo.

Era como si tratara de recordar algo de suma

importancia, y en efecto, así lo era. Cuando se sintió listo para hablar, alzó la cabeza y dijo solemnemente mientras fijaba la mirada en mí:

–Hubo una vez un viejo campesino que trabajó un día entero cosechando mazorcas en su campo. Gastó tantas energías, que al terminar la jornada no quiso siquiera ni volver a su casa. Decidió pasar la noche en el campo, bajo el cobijo de dos árboles… así qué, confiado, se dispuso a dormir en su vieja hamaca…

–Ohhhh – interrumpí sin querer. Pero el Chaneque no me hizo caso y prosiguió con su relato

–Eran justo las once de la noche cuando el campesino se quedó dormido. Horas después, el fulgurante sol hizo su aparición, y con él, el mundo despertó. Todos vieron la luz de un nuevo día, todos menos el viejo campesino. Él simplemente murió y nunca descansó…

–¿Él fue el primero de los espíritus "que flotan por las noches"? – pregunté.

–Sí, él fue – respondió el Chaneque con la voz entrecortada –. Después de esa noche nadie pudo usar esa hamaca para dormir pasadas las once, porque invariablemente, él estaba ahí. Lo sé porque yo le di ese lugar para que pudiera descansar.

–¿Por qué hiciste eso? – cuestioné con curiosidad.

–Pues porque la Señora de los caídos me pidió buscar un lugar donde los espíritus pudieran descansar, y al ver morir a aquel viejo en su hamaca se me ocurrió la idea. Era una solución perfecta, de esa forma no molestaba a los vivos y alejaba a los fantasmas de sus confortables y amadas camas. ¿Ahora lo entiendes? Las hamacas son la única oportunidad que los fallecidos tienen para descansar.

No sabía que decir, esto era simplemente demasiada información. El Chaneque no esperó a que recuperara el habla y se dio la vuelta rápidamente. Caminó por delante mí e hizo una seña para que lo siguiera. Dimos algunos pasos y volteó a verme, levantó su mano izquierda y señaló la pared a su izquierda:

–Observa, ese es el Libro del Chaneque, cada pared muestra el fallecimiento de uno de mis espíritus, mira con atención y aclara tu mente...

Hice un gesto de incredulidad y miré hacia arriba para que quedara bien claro que seguía sin creer en "todo eso". Sin embargo la curiosidad me ganó y volteé de reojo hacia la pared.

Era la escena de Pablito.

Al principio no ocurría nada, mi pequeño amigo dormía apaciblemente en su cama, pero un segundo después todo cambió sorpresivamente. La escena completa se comenzó a mover: Pablito se revolvía en su cama, tosía mucho y trataba de cubrirse la cabeza en un intento vano de impedir el ataque de tos.

Luego se escuchó un grito. El niño seguía tosiendo, y con cada segundo que transcurría, los espasmos en su pecho y el ruido que salía de su boca eran más violentos. La energía se le estaba escapando, pero con sus últimas fuerzas alcanzó a incorporarse en la cama y gritar "¡Mamáaaaaaaa!"... y entonces se desmayó. Estaba completamente inconsciente cuando el fuego entró en su habitación. Las llamas lo devoraron todo, incluso a Pablito.

Luego toda la escena se detuvo otra vez. Como por arte de magia, la pared dejó de moverse y un grabado macabro e inmóvil se alzó nuevamente ante mis ojos.

El Chaneque se acercó y me dijo:

–No descansaron al morir, no descansaron al llegar, es por eso que la caída les es tan difícil de aceptar… ¿Lo comprendes ahora? Ellos deben reposar, por esa razón las hamacas no se pueden usar…

Asentí moviendo ligeramente la cabeza. Ni siquiera podía hablar, la escena de la muerte de mi amiguito me había dejado sin palabras. Además no quise arriesgarme a abrir la boca, si lo hacía posiblemente me hubiera echado a llorar.

El duende me observó con tristeza y corrió hacía su escritorio. Se sentó tras él como si se dispusiera a trabajar nuevamente, tomó una hoja de papel amarillenta y dijo en voz alta:

–Hoy, el día trece jaguar del año del mono, un vivo llegó hasta el Xibalba para reclamar la propiedad de una hamaca. El rey y guardián de los que "flotan por las noches" le ha explicado el por qué la cama flotante deja de ser suya cuando aparece la Luna. El vivo debe decidir si cede o no su preciada hamaca para el joven espíritu con el nombre de Pablito. Y el vivo ha respondido…

Y clavó sus ojos azules en mí. Era claro que estaba esperando una respuesta. ¿Qué se supone que debía decir? Miré a los lados en busca de algo que me ayudara a expresar mi sentir, y lo primero que saltó a mi vista fueron las paredes del Libro del Chaneque. Cuando mis ojos se posaban en aquellas imágenes, estás de inmediato cobraban vida, y en ellas surgían imágenes terribles de muerte en las que los protagonistas no tuvieron siquiera la oportunidad de ver llegar su fin, simplemente fallecieron mientras dormían, sin poder ver el sol otra vez. Ya nunca lo harían…

–Entiendo, pero, mi hamaca es lo único que sirve para

dormir en mi casa, la verdad es que no tengo dinero para comprarme una cama… ¿Qué ocurriría si me niego a cederla? – pregunté.

–No podemos quitarte la hamaca – respondió el Chaneque –, pero si nos llevaríamos tu aliento de vida. Serías uno de ellos, uno de los que "flotan por las noches"…

Suspiré y volteé sin querer hacia detrás de mí. Entonces los vi… cientos y cientos de fantasmas con las miradas perdidas me observaban expectantes, aguardando impacientemente mi respuesta. Y justo al frente de todos ellos, estaba el pequeño Pablito. Ahí fue cuando tuve todo claro. Le sonreí y enfoqué la mirada en el Chaneque. Cuando me miró también, respondí:

–Creo que… Pablito siempre tendrá un lugar en mi casa. Tanto mi hamaca como mi afecto son para él si así lo desea.

El soberano de los que "flotan por las noches" sonrió también (o al menos eso me pareció) y los espíritus lo imitaron. Luego comenzaron a "gritar" con alegría y emoción. Pablito se unió a la improvisada celebración brincando y agitando las manos. Acto seguido, el Chaneque alzó sus diminutos brazos para "callar" a la multitud. Los "gritos" comenzaron a disiparse poco a poco. Cuando el silenció fue total, el rey duende se subió a su escritorio y advirtió:

–Ni se te ocurra comprar otra hamaca, porque está bastante claro que te mandaría otro fantasma, ya sabes, ellos necesitan descansar.

–Lo sé – respondí asintiendo con la cabeza –, espero no verte nunca más, no me lo tomes a mal, es solo qué… no quisiera tener que venir aquí.

–Jejejeje – rio el Chaneque –, ya sé, ya sé, no es

necesario decirlo. Pero es un hecho que siempre te recordaremos, porque estoy seguro de que tú nos recordarás a nosotros. Es por eso que voy a regalarte una hora, pero solo una por noche. Pablito llegará a su hamaca justo a las doce, así que tendrás toda una hora extra para descansar en ella. Nunca la uses más allá de las doce, porque entonces tu aliento de vida se extinguiría. No desperdicies el regalo del Chaneque, es para ti, úsalo con prudencia.

–Así lo haré – puntualicé–. Debo irme, supongo que es tarde. No hay nada más, ¿verdad?

–Solo una última cosa – agregó el duende –: cuenta nuestra historia, no importa que te crean un loco, no importa que se rían. Háblale al mundo de los vivos sobre nosotros, dile a todos los de allá que existimos, y que las camas flotantes son propiedad de los que "flotan por las noches".

Asentí sin hablar, di la media vuelta y me encaminé a la salida del palacio del Chaneque. Los espíritus me abrieron el paso y Pablito me tomó de la mano para caminar a mi lado. Cuando abandonamos el lugar, el pequeño se soltó y dijo adiós.

Todo se nubló, perdí la noción del tiempo y sin más aparecí en mi casa. Eran las seis de la mañana del viernes. Miré mi hamaca. Estaba vacía. Obviamente lo estaba...

¿Sería que todo había sido un sueño?

Respiré hondo y me sobé la nuca buscando aliviar un poco la confusión. Un ruido me sacó del estupor. Era el teléfono, ¡Que raro! Era demasiado temprano como para recibir llamadas. Contesté sin verificar quién marcaba. Apenas dije "bueno" escuché una voz familiar: era mi mamá. Llamaba para decirme que me había conseguido una cama, que no me preocupara más, ya no tendría que dormir como vago en mi horrible hamaca…

Me reí con fuerza al teléfono. Sobra decir que la sorprendí bastante, y casi seguro que pensó que estaba loco. Aguardó pacientemente a que terminara mi carcajada y preguntó amablemente que me pasaba. Jalé un poco de aire y le dije:

–Oye mamá, ¿Sabes que es un Chaneque?...

Las dudas del colibrí del sur

Por más que le miro, no le encuentro ningún chiste. No percibo poder alguno en esa figura de yeso pintado. Tampoco entiendo porque algunas veces es niño, y porque otras es un adulto lastimado.

Siempre tiene el pecho desnudo, pero a diferencia de nosotros, no cuenta con una sola pintura de guerra. Nunca va armado. Su expresión de batalla es nula, y su ansia de victoria, inexistente.

Si es un dios, no se parece en nada a nosotros.

Sigo mirando. Y me sigue pareciendo algo completamente inexplicable. No comprendo como mi gente, el pueblo nacido del maíz, cambió a todo un ejército de poderosos dioses por este niño indefenso y flacucho.

¿Qué tiene el tal Jesús que provoca en la gente tanta devoción exagerada?

¿Puede alguien explicarme cómo yo, el Colibrí del Sur, soy opacado año tras año por un chiquillo justo en el preciso día de mi nacimiento?

Imposible.

Nadie es capaz de hacerlo. Esto, y solo esto, es un acto de innegable brujería. El favoritismo de mi gente por este niño es un acto enfermo y sin fundamentos.

Tal vez si alguien pusiera una espada en su mano, el pequeño se vería más fiero. Si, quizá un poco de pintura azul en la cara no le caería mal, unos pendientes de oro y obsidiana lo harían ver más poderoso y respetable.

Así no me dolería tanto el ser reemplazado por otra divinidad.

Quisiera decirle esto a mi pueblo, pero ya nadie es capaz de verme. Nadie me escucha. Nadie se percata de mi presencia. No importa cuántas veces agite mi maqahuitl, ni cuantos dardos arroje con mi atlátl. Ninguno llega a su objetivo. Ninguno hiere ni importuna siquiera a una pulga.

Soy un dios que vive en el olvido. Quisiera que al menos alguien me hiciera un sacrificio.

Esperen. Ahí, en esa multitud congregada en las afueras del templo del dios niño, hay alguien observándome. Es una niña. Bueno, es lo que menos me esperaba, pero me conformo con que esa *cocotón* pueda notarme.

Se está acercando. Me mira con desconfianza, no la culpo. Ni siquiera ha de saber quién soy.

Continúa aproximándose. Observa con curiosidad mi vestimenta y dice mi nombre.

Huitzilopochtli...

¡Tenia tanto que nadie pronunciaba mi nombre! Incluso creo que yo mismo lo estaba olvidando.

Es una oportunidad dorada. Le preguntaré a la

pequeña mortal porque me han olvidado todos, porqué en mi lugar adoran al insípido dios niño.

Pregunto, ella tuerce la boca y contesta con una nueva pregunta: "*¿Qué nos traes tú?*"

Yo respondo "*¡Guerra!*"

Y ella me dice que "*Jesús les trae paz.*"

Luego dice "*¿Quién puede creer en ti?*"

Y yo digo "*Todos los de auténtica sangre mexica.*"

Ella responde que Jesús no hace distinciones. El que quiera puede creer en él.

Esto se está poniendo difícil. No me esperaba semejantes cuestionamientos. Sé cómo convencerla, voy a apelar a su sentido de la victoria:

"*¡Yo traigo la victoria para doblegar a tus enemigos!*"

Ella menea la cabeza y contesta que la verdadera victoria para Jesús es que todos los mortales sean amigos.

Estoy confundido. Esta pequeña es un hueso duro de roer. Cierro los ojos para meditar y encontrar algo en mi registro de memoria que pueda decirle, pero entonces algo me interrumpe. Es su mano, que toca la mía con completa naturalidad… ¿¡Cómo se atreve a tocar a un dios!?

Eso no parece preocuparle, porque cuando la miro, ella solo sonríe y dice:

"*Tú pides muchas cosas Colibrí, y Él no pide nada. Él solo da, no importa si nada recibe.*"

Entonces la niña se da la vuelta y se reúne con una mujer mayor a las puertas del templo del dios niño. Pero no entran, solo mira y se van.

Quizá esté equivocado, pero comienzo a entender. El dios niño es más fuerte que nosotros porque no pide sacrificios, al contrario, él es quién se sacrifica.

Y su templo no necesita piedras para sostenerse, ni sacerdotes para atemorizar a los creyentes. No requiere estatuas ni reliquias para recordar a los mortales su presencia.

Su auténtico hogar es el alma de cada persona, y su forma de hacer creer a los demás es a través de la palabra de aquellos que no lo ven y sin embargo creen.

Curioso dios es ese niño… tal vez comience a respetarlo un poco. Aunque a mi parecer, no le caería mal una armadura acojinada, bien sabe Él que cada día libra una espantosa batalla, y la otra mejilla no es suficiente para frenar una espada.

Los Indios Verdes

Ya han pasado más de 120 años desde que Itzcoatl habló por última vez. Recuerdo que en aquella ocasión se ofendió terriblemente cuando un par de paseantes se refirió a nosotros como un "par de indios salvajes", para luego proponer "como si nada" en voz alta, que nos enviaran a otro lugar más propio de nuestra categoría, uno donde los "indios" fueran bien vistos, y no justo en la entrada de su glorioso "Paseo de la Reforma"…

"¿Para eso nos trajeron de vuelta?" preguntó mi entristecido amigo, y luego calló para siempre.

No lo he oído hablar desde entonces.

Así que, a partir de aquel momento, me quedé solo en un mundo que parecía odiarme en lugar de respetarme. Me convertí en una solitaria estatua de color verde a la que todos miraban con desprecio y extrañeza, una efigie de tiempos olvidados a la que nadie deseaba contemplar siquiera, un "indio verde" que tenía que soportar a diario la mirada burlona de un curioso monumento dedicado a un español, uno de esos hombres blancos que había terminado con nuestra amada patria…

Un "Indio Verde". Eso es lo que era, y así es como me llamaban todos aquellos mexicanos con "aires europeos" que transitaban por el "Paseo de la Reforma". Un "indio" que arruinaba su paisaje del siglo XIX con su "garrote" y su espantoso "taparrabos".

¿Un "indio"?... ¿es qué acaso nadie sabía que yo había sido uno de los más grandes gobernantes de la nación mexica? No, ni una sola persona lo sabía, y tampoco a ninguna le importaba.

Traté en vano de hablar con algunos de los que consideraba mis descendientes, pero aún con el tono de bronce iluminando su piel, estos modernos mexicanos optaban por ignorarme, y dedicaban sus halagos y miradas a la estatua de "Carlos", el español que aún muerto seguía burlándose del otrora grandioso Imperio Mexica.

Fue así como después de diez largos años de abandono, burlas y algunos insultos, los hombres que estaban a cargo del gobierno decidieron movernos de lugar. Concluyeron que éramos demasiado "feos" como para custodiar la entrada a la Avenida más importante del país, y sin reparo alguno nos llevaron hasta un lugar que llamaban "La Viga".

Lo reconocí de inmediato, era Iztapalapatl, el hogar de mi valiente hermano Cuitláhuac. Estaba tan cambiado... un largo trajinar de personas muy diferentes a las que había conocido en el "Paseo de la Reforma" pululaba por el lugar, siempre cargando enormes bultos sobre sus espaldas. Sobra decir que difícilmente se detenían a saludarnos; su mirada siempre iba al frente, enfocada en un futuro que se notaba a leguas no podrían resolver, y el cual, sin embargo, ocupaba todos sus pensamientos, tanto los buenos, como los malos...

Pronto el mal llamado "progreso" nos alcanzó nuevamente. De custodiar un río pasamos a vigilar el sendero por el que transitaba una enorme figura serpenteante al que las personas llamaban "ferrocarril". El humo de aquella serpiente metálica no tardó en instalarse sobre nuestros cuerpos, y el color verde que portábamos originalmente se convirtió en un curioso turquesa pálido, con dispares y numerosas manchas cafés que nos hacían lucir burdos y opacos.

Aunque me quejaba amargamente, sabía bien que nadie podía (ni quería escucharme). En cambio Itzcoatl solo se limitaba a sostenerse en pie; digno, con los brazos extendidos hacia el suelo y sus dos maqahuitl colgando como estrellas del cielo, con la mirada en alto y los labios fruncidos, fingiendo no darse cuenta de todo lo que sucedía a su alrededor.

Y cuando pensé que las cosas no podían empeorar, sucedió: el exceso de humo proveniente de centenas de extraños vehículos con ruedas, aunado al vapor oscuro del ferrocarril, terminaron por mancharnos por completo. Ahora éramos unos "Indios Verdes" un poco blancos, un poco cafés, un poco oxidados, y un "mucho" olvidados...

La basura se comenzó a acumular a nuestro alrededor; pintas incomprensibles surgían de pronto en la base de nuestros cuerpos, e incluso algunos rastros de pintura aparecieron en nuestros pies.

Había que aceptarlo: no éramos un monumento, no representábamos la gloria de tiempos pasados, y tampoco ostentábamos el más mínimo respeto, es más, ni siquiera éramos dignos del más miserable e insulso de los recuerdos...

Recuerdo que lloré durante algún tiempo, y que esas lágrimas que inexplicablemente surgieron de mi frío corazón hecho de metal, se sumaron a las múltiples abrasiones que ya se encontraban lastimando mi cuerpo. Iztcoatl me miraba de reojo, pero no se atrevía a decir nada; ¿es que acaso existía alguna forma de consolar a un "tlatoani" al que su pueblo ya había olvidado?

Harto de la indiferencia de la "raza de bronce", decidí dormir hasta que llegaran tiempos mejores. No sé cuánto tiempo pasó con certeza, pero me atrevería a decir que fue una "gavilla" de años. Cuando abrí los ojos, ya no nos encontrábamos en "La Viga", ahora nos hallábamos a la entrada de una moderna carretera, por donde concurrían numerosas carrozas de vibrantes colores.

Respiré hondo y sin querer me percaté de algo: mi

cuerpo estaba más limpio. Ya no había tantos rastros de humo sobre mi piel, ni tampoco encontré vestigio alguno de las penosas lágrimas que había derramado un día en medio de la más completa desesperación.

Parece mentira, pero aquellos días fueron los más gloriosos que recuerdo hasta el día de hoy: las coloridas carrozas se detenían en los bordes de la carretera para admirarnos y asombrarse por nuestro tamaño y forma. No tenían idea de quién (o qué) éramos en realidad, pero al menos nos identificaban como "aztecas", y solo hacían uso del término "indio" cuando hacían referencia a nuestro nombre: "Los Indios Verdes".

Aunque no era del todo halagador, había que aceptar que eso era lo mejor que habíamos obtenido hasta entonces. Incluso Itzcoatl borró un poco el gesto adusto que le caracterizaba, e intentó débilmente esbozar una pequeña sonrisa.

Sin embargo, como todo lo bueno en esta vida, aquella época no podía durar para siempre. Cuando un nuevo ferrocarril de color naranja hizo su aparición, los gobernantes de la Nueva Tenochtitlán no dudaron en deshacerse de nosotros una vez más; usaron pesadas cadenas y chirriantes vehículos para trasladarnos a otra parte de la carretera, donde apenas pasados unos días después aparecieron multitud de carrozas enormes llamadas "autobuses" , los cuales se detenían muy cerca de nosotros para esperar el ascenso de personas, exhalando con frecuencia el oscuro y espeso humo que los caracterizaba directamente sobre nosotros. La pesadilla que habíamos vivido en "La Viga" se había reanudado.

Y los años pasaron otra vez. Mis quejas y lamentos se perdían en el viento, diluyéndose para siempre en el olvido, alimentando de forma infinita a la voraz indiferencia del una vez llamado "pueblo mexica".

Decepcionado, intenté dormir otra vez. Sin embargo, el

constante retumbar de las carrozas metálicas, el chirrido de sus ruedas de caucho y el agudo tono de sus trompetas me impedían descansar, así que no me quedó más remedio que asistir impávido a aquella macabra representación teatral, donde ni siquiera éramos actores o elementos del escenario, tan solo nos alzábamos como viejas piezas de fondo que no se habían podido eliminar, estorbos gigantescos a los que nadie se preocupaba ya por mirar.

Convencidos de que las cosas no podrían empeorar más, Itzcoatl y yo decidimos dedicarnos exclusivamente a mantener nuestra dignidad. Yo pronuncié un discurso emotivo y extenso (que obviamente nadie escuchó) y mi antecesor hizo lo mejor que sabía hacer: mirar al horizonte y aguardar por tiempos mejores.

Alzamos la cara y optamos por no dejarnos humillar ni una vez más; que el humo nos llenara hasta las entrañas, que las detestables pintas en nuestra base se acumularan sin que nos importara, y que los permanentes ruidos y miradas de extrañeza resbalaran en nuestra piel igual que el agua de lluvia... no permitiríamos que el pueblo que nos había olvidado nos continuara insultando.

Y llego un amanecer en el que despertamos rodeados de enormes árboles y bancas de metal y piedra. Nos miramos el uno al otro, extrañados. Algo había ocurrido durante la noche, o tal vez nos habíamos dormidos sin querer y otra gavilla de años nos había sorprendido sin que nos diéramos cuenta.

Observamos atentos el paisaje alrededor, y dedujimos que nos encontrábamos en una especie de "jardín" o "zona de recreo". Por un momento pensamos que nos habían devuelto al "Paseo de la Reforma", pero descartamos la teoría cuando analizamos con detenimiento nuestro nuevo "hogar"; no se trataba de la entrada a ninguna avenida, ni tampoco estaba el detestable "Carlos" mirándonos con burla y sorna, no, solo había árboles y bancos por doquier. Definitivamente aquel sitio era una especie de "parque", o algo parecido.

Conforme avanzaban los días, la gente se detenía un par de segundos frente a nosotros y nos apuntaba con un curioso artefacto. Al parecer aquella "maquina" era una versión moderna de los "ojos falsos" que conocimos años atrás, esos que usaban los viajeros que bajaban de su carroza en la entrada de la carretera para tomar una "fotografía del recuerdo" de nosotros.

Pero aunque recibíamos un mínimo de atención, no nos hacíamos ilusiones. Sabíamos bien que ninguno de estos "modernos" mexicas tenía siquiera la más mínima idea de quienes éramos en realidad.

Y no estábamos equivocados; al día de hoy, ninguno de nuestros curiosos visitantes ha pronunciado nuestros nombres. Quizá es tiempo de aceptar que quizá ya nadie lo hará...

Qué curioso... durante el tiempo que he estado recordando nuestra lamentable historia una pequeña niña se ha parado frente a nosotros y nos observa con gran detenimiento y cierta admiración...

Itzcoatl también lo ha notado, y mira de reojo a la jovencita, que lee en voz muy baja la inscripción que se halla grabada en mi base. De pronto, una mujer muy joven se acerca y la toma de la mano. La insta a apurarse para llegar a la "escuela", y argumenta que no es tiempo de andar viendo estatuas de "indios" que "quién sabe quiénes fueron"...

Itzcoatl frunce el ceño, y yo me preparo para dar uno de mis fúricos discursos. No obstante, algo nos detiene: la pequeña se suelta de la mano de su madre y le dice con firmeza:

– No son "indios", mamá. Son "tlatoanis" mexicas. Ellos eran los gobernantes de este país mucho tiempo antes de que llegaran los españoles. Mira, el de allá es Itzcoatl, y este es Ahuizotl... ¿Ves? ¡Son importantes!

Con el gesto confundido y la boca abierta, su joven

madre asiente confundida y se disculpa por habernos dicho "indios". Luego ambas se toman de la mano y se suman al caminar frenético que caracteriza a los habitantes de la Nueva Tenochtitlan.

¡No lo puedo creer! ¡Estoy más que emocionado! Tengo miles de palabras para expresar como me siento, y justo en el momento cuando el torrente de palabras inunda mis labios y me dispongo a hablar, Itzcoatl abre la boca por primera vez en más de 100 años y dice:

–Aún hay esperanza…

Suspiro y asiento levemente. Mi ancestro tiene razón; si aún existen personas en esta moderna ciudad que sean capaces de recordarnos, quiere decir que la conquista nunca pudo arrebatarnos nuestro más grande tesoro: la mágica y eterna esperanza.

Promesa cumplida

Lamento haber tardado tanto, pero mi viaje fue largo y tortuoso. Recorrí miles de estrellas en busca de la verdad, conocí centenas de mundos diferentes en los que me llamaron de millones de formas distintas y salté de planeta en planeta esquivando numerosos asteroides que amenazaban con terminar mi existencia.

En el proceso regué mis plumas turquesa por el espacio dando nacimiento a nuevas y numerosas estrellas en el firmamento. Mi piel se deshizo y rehízo infinitas veces, consumiéndose tantas veces en el vació espacial que llegó un día en que incluso olvidé mi propio nombre.

Fueron sus plegarias y alabanzas viajando a través del cosmos las que lograron sacarme de aquel cuasi eterno sopor.

Si, mis queridos hijos, aun tan lejos de ustedes, logré escucharlos. Sus gritos taladraron mis oídos de serpiente, y sus numerosos rezos se adhirieron a mi piel reconstruyendo una a una todas mis plumas.

Decenas de cometas y meteoros pasaron frente a mí mientras descifraba su curioso mensaje, que por alguna extraña razón, no estaba hablado en náhuatl, sino en una extraña lengua que hasta el momento desconocía.

Nunca pensé en desistir, pero sí que hubo épocas en

que me costaba discernir si aquello que mi pueblo pedía iba en verdad dirigido hacia mí. Cada vez que se me desanimaba, oía uno de mis tantos nombres y me animaba a mí mismo a seguir:

<<¡Quetzalcóatl!>> creía oír cuando mis alas estaban a punto de darse por vencidas de tanto volar.

<<¡Quetzalcóatl!>> me parecía escuchar cada vez que mis ojos se cerraban presas del sueño, la depresión y el cansancio.

Quetzalcóatl...

Fue así como logré regresar. Tomé sus plegarias y las convertí en un puente de luz multicolor que cruzó el espacio infinito y consiguió devolverme al lugar que ahora llamaban <<Tierra>>.

Dejé que el sol Tonatiuh bañara mi cuerpo. Atravesé las nubes que Tláloc había dejado en el cielo para cuidarlos, y aspiré el aroma de las flores que la hermosa Xochiquetzal había plantado en la tierra mojada.

Recorrí el Anáhuac volando con inmensa alegría, mordiendo de vez en cuando una mazorca dulce sembrada por el benévolo Centeotl. Luego tomé la forma de un hombre y recorrí los antiguos templos. Al principio me horroricé por verlos destruidos, pero luego me alegré al ver que ustedes, los hijos del maíz, seguían custodiándolos.

Me sorprendió la noche y entonces volví al cielo. Me materialicé para regresar a mi forma original y bajé por la escalera de nubes que la luna Coyolxauhqui dispuso para mí. Llegué al mismo tiempo que el viejo Xipe Totec, el cual justo estaba cambiando de piel para dar paso a una nueva primavera.

Me sonrió y me cedió el paso, dijo que su aparición

podría esperar, pero la mía no.

Y pisando lentamente cada escalón, los miré atentamente. No solo me fijé en su exterior, sino también en su interior. Descubrí que había pena, violencia, tristeza y mucho dolor. Que habían alzado su puño los unos contra los otros, y que incluso durante largo tiempo se preguntaron si en verdad pertenecían a la misma raza o solo era un cuento para mantenerlos unidos a pesar de sus claras diferencias.

Vi todo eso en sus corazones, pero también fui capaz de percibir una cosa más:

Esperanza.

El sueño de un mundo nuevo, un mundo mejor bajo la luz del viejo Quinto Sol.

Por eso fue que regresé; para devolverles la esperanza que les robaron los tripulantes de antiguos y gigantescos barcos. Para recordarles que son el pueblo del maíz, y que al igual que él, deben levantarse cada mañana con orgullo, siempre erguidos, siempre de cara al sol.

Mis queridos hijos, hace largo tiempo, cuando dejé este mundo en una barcaza hecha con serpientes entrelazadas, les prometí que volvería.

Y hoy estoy aquí.

Este día puedo decirles que las plumas que ven adornar mi cuerpo son reales, y que los ojos amarillos que miran con tanta fascinación también son de verdad. Puedo asegurarles, mi amado pueblo del maíz, que este es el ansiado regreso de la serpiente emplumada.

Alcen los corazones y canten con el cenzontle. Entonen conmigo esta dulce canción, que lleva por título << La promesa cumplida>>…

Sobre el autor:

Jorge Daniel Abrego Valdés (Ciudad de México, 28 de Octubre de 1983), escritor mexicano, con una licenciatura en Mercadotecnia y una maestría en Dirección de Proyectos.
Cuenta con 7 libros autopublicados: Reino Animal, En el lago de la Luna, El dios de los insectos, Sueños rotos, La casa de los Tetramorfos, Cherub y Lore: la niña del balón.
Maneja el mismo sus redes sociales bajo el seudónimo de "Viento del Sur". En Facebook puedes encontrar su página de cuentos en **www.facebook.com/loscuentosdevientodelsur**
Tanto en Twitter como Instagram puedes seguirlo en **viento_del_sur1.**
Algunos de sus cuentos han sido publicados en las siguientes revistas:

- *Monolito Edición 4to aniversario (Una noche para la venganza), 2016, México.*
- *El Narratorio #5 (Carrera a la libertad), 2016, Argentina.*
- *El Narratorio #6 (Eterno como el hielo), 2016, Argentina*
- *El Narratorio #8 (Combate Jurásico), 2016, Argentina*
- *La Cripta #2 (Yoali Ehecatl), 2016, México.*
- *La Cripta #3 (El fantasma del Circuito Suzuka), 2016, México*
- *La Cripta #5 (La que come porquería),2017, México.*
- *Grezza #8 (La barranca del pescado/Promesas a una niña), 2016*
- *Cronopio #71 (La última noche de Morelos) 2016, Colombia.*

- *Luz de Candil #4 (El fantasma del circuito Suzuka / Ella no soy yo) 2016, Uruguay.*
- *Luz de Candil #5 (La última embestida/ Kamikaze) 2016, Uruguay*
- *Tiempos Oscuros #7 (Kynos Argos) 2016, España*
- *El corsé (La diosa de las mil voces) 2016, Perú*
- *Letras y Demonios (la que come porquería) 2016, México*
- *El Narratorio #10 y Luz de Candil #6 (Mi Navidad en ti) 2016, Argentina y Uruguay.*
- *Portal ISLIADA (Los voladores) 2016, Cuba.*
- *Portal SCRIPTORIUM (El corazón de la montaña) 2016, México*
- *MiNatura CF (El gato robot y la niña de los ojos tristes) España, 2016.*
- *El Narratorio #13 (La leyenda del diente de león), 2016, Argentina.*
- *MiNatura CF (Robótica dental) España, 2017.*

Además, cuenta con un proyecto de blog para reseñas de autores independientes. Síguelo en
http://elindependienterecomienda.blogspot.mx/

Otras obras de J. Daniel Abrego:

Reino Animal (Los cuentos de Viento del Sur, volumen 1)
En el lago de la luna (Los cuentos de Viento del Sur, Volumen 2)
El dios de los insectos (Los cuentos de Viento del Sur, Volumen 3)
Sueños rotos (Los cuentos de Viento del Sur, Volumen 4)
Lore: la niña del balón.
La casa de los Tetramorfos.
Cherub: las crónicas de Erael.
Purga Digital.
De dioses y otros demonios.

Made in the USA
Monee, IL
30 October 2020

46398931R00094